監獄裡的母親們

潘丁菡／著

目錄

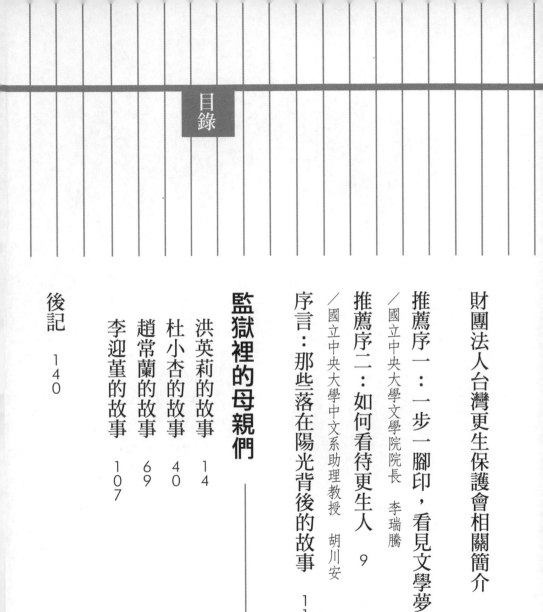

財團法人台灣更生保護會相關簡介

壹、宗旨

本會以仁愛精神，輔導出獄人等自立更生，適於社會生活，預防再犯，以維護社會安寧為宗旨。

貳、沿革

財團法人臺灣更生保護會前身係「臺灣省司法保護會」，民國三十五年十一月十一日設立，五十六年七月更名為「臺灣更生保護會」，受臺灣高等法院、臺灣省政府社會處及臺北市政府社會局監督，辦理臺灣省、臺北市及高雄市出獄人等保護工作，為財團法人組織的公益慈善團體。由於政府重視此項工作，司法行政部於六十一年以命令核定臺灣更生保護事業規則及其施行細則，並於六十四年三月起草更生保護法，經立法院審議通過後於六十五年四月八日由總統公布實施，本會隨即於同年十一月十一日改組，依更生保護法第四條規定受司法行政部指揮監督，辦理更生保護事業。六十九年七月一日院檢分隸，司法行政部改制為法務部，增設保護司，掌理更生保護業務之策進、規劃、指揮監督。

推薦序一：一步一腳印，看見文學夢

監獄是一個異常、禁錮的空間，是犯罪受刑人接受懲罰之所在。今之獄政，係屬法務部矯正司，旨在預防犯罪並使受刑人得到規訓，已大不同於原始「活地獄」的概念，但也並非無刑罰之意涵。

我最早讀到有關監獄與人文關聯的文獻是《史記・太史公自序》：「昔西伯拘羑里，演周易……韓非囚秦，說難孤憤……」，「拘」「囚」反成生命之動力。其後讀范曄〈獄中與諸甥侄書〉、駱賓王〈在獄詠蟬〉、文天祥〈正氣歌〉、方苞〈左忠毅公逸事〉等古典監獄詩文，深受感動；讀近人戴望舒的〈獄中題壁〉、賴和《獄中日記》、楊逵《綠島家書》、柏楊《獄中詩抄》等，對於文人之身陷囹圄，備受煎熬之苦楚，有萬般不捨。

凡此監獄文學大都為自述，而且帶有政治性。另有許多以監獄為背景的戲曲小說，〈竇娥冤〉、〈玉堂春〉是古代有名的冤獄故事；晚清李伯元的〈活地獄〉、近人朱西寧的〈破曉時分〉，讀來都讓人血脈賁張。

我們可以這麼說，監獄文學有它的傳統，可以寫一部監獄文學史。在這種情況下，如何來看待潘丁菡和樂亞妮的《監獄裡的母親們》呢？

這是一個計畫寫作，難度很高，獲選二〇一八年台積電青年築夢計畫。首先要找到「監獄裡的母親」，那一定很難，因還在服刑中，有諸多不便，於是轉而尋找「更生人母親」，她們曾坐過監，已出獄為「更生人」，而且為人母。找到她們，聽她們說自己的過去與現況，包括原生家庭、成長、誤入歧途、監獄生活及所聞見，更重要的是親子關係及其互動。經由一次又一次的深度採訪，再融裁成篇。

實際執筆的是潘丁菡，她擇定四位主要角色（洪英莉、杜小杏、趙常蘭、李迎堇）串起故事主線，輔以其他配角與主角互動為故事支線，各自獨立成篇，要求首尾圓貫。舉例來說，寫〈洪英莉的故事〉時，以洪為主角，杜、趙、李則為配，再加上另二位：劉允凌和許明春，以及主管宋曉泉和秦芝照，構成複雜的人際關係；再拉出到出獄後，以「更生人」身分重新面對複雜社會。

作為女性，她們各自有其人生，卻交集在畀常的女子監獄。她們中有人是告別兒女入監服刑，有人在進進出出監獄之間有了孩子，有人懷孕入監然後在監產子。人們關心的是，在那樣一個禁錮空間，受刑女性如何扮演「母親」角色？

丁菡沒有採取傳記或報導文學的體裁書寫，而是紀實小說。這一方面不會對受訪者造成困擾，卻有寫實的作用，反映出現代監獄的內部景況；同時，小說筆法可以帶來閱讀的感動，特別是受刑人彼此之間的互動。

丁菡和亞妮是中央大學中文系學生，過了這個暑假才大三，是教務處教學發展中心中大創意園區《除了》雜誌成員。前年他們承接了桃園市龍潭區佳安里一個社區調查與人物報導計畫，成功訪問了十位地方耆老，出版了《龍潭佳安——十個關於這片土地的故事》（2018）一書。採訪團隊所得資料，也是由丁菡消化之後，以她的彩筆撰寫成書。

台積電這個青年築夢計畫挑戰性更大。我通讀所有稿件，一方面被監獄裡的母親感動，另一方面也被丁菡和亞妮感動，她們逐的是文學夢，也是一種理想人生的追尋。我確信她們已具社會實踐能力，將以文學的力量開創她們的未來。

國立中央大學文學院院長　李瑞騰

推薦序二：如何看待更生人

讀完《監獄裡的母親們》，心裡十分激動，感同身受，理解其中的掙扎、無助與為難。或許是因為我也在監獄裡待過。

以前我所待過的監獄很遠，從台北坐自強號要三個半小時，在花東縱谷的小鄉鎮光復。那座自強外役監獄的圍牆並不高聳，受刑人在戶外工作，晚上才會回到牢房。每隔幾個月可以回家，家屬也可以到獄中居住探視。

在自強外役監獄的日子讓我體會到監獄中的生活，只是那時我不是受刑人，而是服替代兵役的役男。

一般人對監獄中的受刑人多半有著刻板印象，想像他們是一群窮凶極惡的壞人，是一群心智異於常人的異類。沒有人一開始就想當壞人，有些人可能不了解社會的道德底線；有些人可能性格懦弱而遭人利用；有些人為了承擔家人的經濟負擔而入罪。監獄當中的確有著難以教化的惡人，但大多數的人會走上作奸犯科的路，背後都有著不為人知的掙扎與困境。

《監獄裡的母親們》透過更生人的真實故事展現每個生命背後的為難之處。除此之外，從母親的角色出發更能彰顯故事的豐富性。台灣社會雖然已經開放不少，但很多傳統的壓力與包袱仍然在女性身上。身為女性在社會上本來就比男性充滿更多的負擔，如果再加上犯罪的標籤，更會讓她們難以立足。

出獄後的更生人是否會再重回監獄，除了靠本身堅強的意志，還要看社會是否有足夠的包容力。一個無法寬恕的社會，只會製造更多的罪犯。了解監獄裡的母親，除了譴責犯行，也需要看到她們努力的過程，並且讓我們的社會具有向上的力量。

國立中央大學中文系助理教授　胡川安

序言：那些落在陽光背後的故事

抱持著「從小人物看大時代」的理念，本團隊先前便撰寫與編輯過《龍潭佳安——十個關於這片土地的故事》一書。當時，其中一位受訪者任職桃園女子監獄輔導員，和我們討論到女子受刑人的生命故事，以及她們的掙扎、難處、無奈、徒勞無功等等。那次採訪結束，我們團隊又私下討論了受刑人或是更生人與其小孩的階級難以流動、被社會大眾貼上固有標籤等問題，以及家庭對這些人們、這些媽媽們又對孩子們的影響。

我們深感需要撰寫她們的故事。

她們所做的事情或許並不能被合理化，更嚴重者，也許難以被原諒；但不可否認，這些人心中仍有一塊柔軟、易受傷的地方。她們曾經被定位為受刑人、罪犯，卻同時是「母親」角色。角色衝突帶來的情感矛盾與成長，正是我們希望能夠讓她們的故事帶給讀者們的理念之一：任何人都有成長的機會，都有成長的可能。

人們追求進步，追求新資訊，卻鮮少回頭看看這些被遺落的生命。因此，我們希望能書寫、出版與推廣她們的故事，使她們「更生人」的另一種面貌能帶給一般民眾不同的想像，並且，能以「類似故事」的閱讀經驗，帶給有相似人生經驗的人共鳴與淨化作用。為此，團隊希望能透過這本《監獄裡的母親們》，提供社會大部分人新觀點之餘，也讓其他的更生人與其家人閱讀時，能找到重新站起與寬恕的力量。

《除了》雜誌團隊／潘丁菡、樂亞妮、曾敏寧

監獄裡的母親們

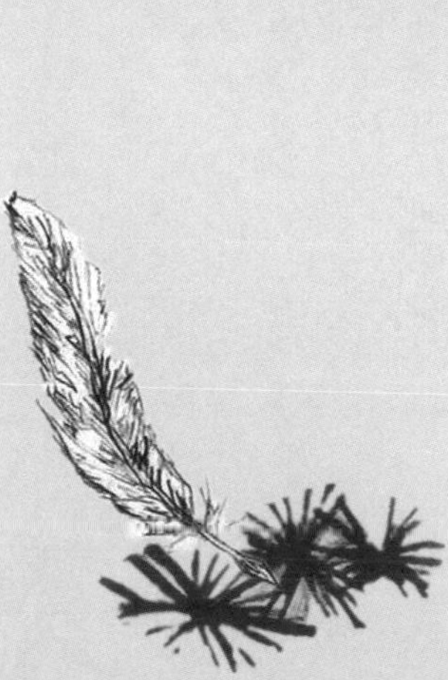

洪英莉的故事

大白燈照射下來。幾個大墨字在宣紙上敞開——「時也，命也，運也，非我之不能也。」才剛寫好，所以濕漉漉地黑亮。便宜的白羊毫筆，一旦被染黑了，怎麼都沖不清。也許是有方式能清理乾淨，她不管，管不著。從前有專門的老媽子清理，印象中他們都叫她李媽，但也不太記得。畢竟所謂「從前」，得從五、六歲說起；已是六十年前的故事了。

她也忘了是什麼時候看到這段話，只記得是從史艷文的口中聽到的。劇情都沒再繼續追下去了，只有這句話記得特別清楚。史艷文不是她特別迷戀的角色，小時候，很難聚焦在某個人事物上，大談熱愛。在傳說中的村落裡，小孩們還在大太陽下跳格子、扔沙包的時候，洪家的孩子能去買冰刀到圓山冰宮、麗都滑冰，在羅斯福路上搭乘訂做的雙人座腳踏車兜風，學油畫、水彩畫、書法，都是從小就學了基本功夫。悠閒的時候，還能帶兩、三個老媽子，舉家前往山裡的別墅，或是露營。在一個月薪水普遍一、兩千元的時代，他們家的孩子一個月的零用錢是一人八百塊錢。

十一歲那年暑假，洪家去露營，洪英莉和哥哥們在營區附近的樹上發現鳥巢。大哥敏捷

地爬上樹，把鳥巢小心翼翼地抱下來。英莉接過去看，蛋殼的斑點很美，但她一直忘記查那種鳥是什麼種類。

不過才研究一下，妹妹跑來催促他們，一看見鳥巢，皺起眉毛，說：「別這麼做，會遭天譴。」

二哥抬起眼，模仿那嚴肅的語氣，說：「加菜而已，肚子會餓。」洪英莉也笑了。

他們要回去的那刻，突然一隻鳥銳叫飛撲下來，對著洪英莉就是一陣亂啄，她大叫著轉身就跑，眼角看到大哥從旁邊拿起一根樹枝往她身後揮。

英莉來不及看接下來發生的事，只顧著向前跑，腦中一片空白，想起老師曾說野外被蜜蜂追時要繞S形跑，蜜蜂會因為追得頭暈而放棄，不知道對鳥有沒有用。她回過神時，早已跑得老遠，抱著鳥巢的手都僵直了。

他們跑去請吳媽幫忙做成烤鳥蛋。妹妹拒絕吃，所以洪英莉能吃兩份，畢竟她辛苦地跑了很長一段路。她因此對那次露營印象非常深刻。

總之，洪英莉和兩位哥哥、妹妹沒有多餘的心力特別熱愛史艷文或書法。當然，成年後就不同了。正確而言是中年後，兩個哥哥都去上海了，剩她和妹妹在臺灣，顧著母親和孩子，一定得再找個什麼讓自己熱愛下去。

對外姑且是這麼說的。

墨水漸漸滲了下去。一勾一勒，還留在紙上，只是光彩完全地沉下去了，透過宣紙，印在底部墊著的黑布裡。

若是那兩年半間，這幾個字寫得再好，都要趕緊趁老師走過來之前，用粗毛筆蘸飽墨水，胡亂抹掉。儘管洪英莉的字是班上最好看的，依老師說的話就是「充滿勁道！」也沒有特權寫這幾個字。

今年，在朋友的介紹下，洪英莉嘗試去了幾次社區大學開的書法班。大部分時候，她跟其他學生一樣，老師給什麼字帖就寫什麼。只有像這種時刻，在家裡，兒子已有了自己的家庭，女兒忙著備明天餐廳的料，丈夫則睡了。她偷偷打開熾熱的檯燈，沒磨硯了——現在都用現成墨水。

她隱隱覺得自己經過了幾年之後，已經沒有當年所謂的「勁道」了；可能是因為那時候才剛入監，就連過關檢查都是面無表情、壯士似地完成的。她像個將軍一樣走進去的。

事先工作都做好了。母親幫她墊了八百萬，各方的欠債都已經清理完畢，舅舅的營造公司也得以營運下去。往常都是億和千萬來來去去，這八百萬她終究也得還給母親，因此她不慌張，不後悔，最終只虧在她自己身上。但若從數十年的眼光來說，他們公司並沒有虧損。

因此，洪英莉和正在讀大學的兒子說：「你現在這樣很好。安分守己地過一生吧，別想著創業了。」兒子讀私立大學，現在是工程師。她認為兒子像丈夫，安分，溫吞，但腦袋和她很像。當然還是她自己再聰明一些。

並不是世界容不下聰明人。只是太有能力求生存的個體，反而會被生物鏈最頂端的存在

勒住脖子。不是每個人都有本錢被勒索的，洪英莉都冷冷看在眼裡，「詐欺罪」三個字寫得很難聽，在判決書上黑刺刺的，印了一輩子，到現在還能上網搜尋得到，但不是聰明人還真犯不起。

她自告奮勇。這是經過洪英莉縝密計算之後得出的結論，最符合經濟效益。丈夫沒說什麼，他從頭到尾只能癱軟在椅子上，就算是討債的人一次次打電話來，或者那群刺青紅紅綠綠、嚼著檳榔的人拿著槍衝進辦公室，丈夫都沒說什麼，他是一片平板的灰色，待在辦公室後面的小房間。在辦公桌後，面對那群壯漢，只需要一個女性就可以了。

舅舅糾住眉毛，以情感豐沛的聲口告訴洪英莉：「我真的是對不起妳，竟然只能讓妳承擔這些！」

洪英莉也微笑著說，「親戚、家人，本來就應該互相照應，沒有什麼對不起的，事情變成如此，總有人應該去承擔。」

丈夫是獨生子，負責整間公司的技術，舅舅則是名義上的董事長。

只有她是最適合「詐欺罪」的人選。

當然了，家人、客戶，所有攸關這間公司的人事，都對她非常了解。即便在更早以前，各個公司相互競爭，四、五個黑壓壓的男子衝進洪英莉的家門，其中一個抄起槍就對準她尚是嬰兒的兒子時，洪英莉也冷靜地說出他們的雇主，在一片訝然的沉默中，透過他們的電話向那個競爭對手說：「妳的五個小孩，我都知道。」並背誦出五個正確無誤的名字。

「妳殺啊，給妳殺！我用一個換妳五個！」

洪英莉倏地站起，厲聲道。

槍口瞬間轉向她，但電話那一頭卻弱弱地要那五個人撤走。

後來她才知道，這件事情是丈夫在公司酒席上不小心說出來的，包含那名競爭對手的行跡詭異，洪英莉早在兩個月前就雇用徵信社調查等等，丈夫呢喃似地說著，聽到的人只有周遭幾個，過幾天整間公司都知道了。

＊　＊　＊　＊　＊　＊　＊　＊　＊　＊

公司裡的人對她保持一種敬意，就連舅舅，其實也是像對貴賓一樣敬重她。加上年終紅包和抽獎，她是公司裡捐款數目僅次於董事長的大人物，甚至允許某些生活困難的員工預支幾個月的薪水。就算只是拿著便利商店的咖啡走過辦公室，洪英莉都像在紅毯上發光。

追根究柢，在要接下市政府的案子之前，洪英莉就再三反對；但公務人員世家的夫家，與和藹爽快的舅舅，依然將公家案子當作政府的信任。

舅舅、丈夫和夫家的人都說，這案子是穩住的。

話語落下的十數年後，營造完成了，幾億元則成了呆帳。

就算只是尾款一成，一億多元就需要一千多萬，再算追加款的八百萬，一年的利息就是

兩千萬以上。當然不可能要員工倒貼，而他們身為管理階層，需要時時刻刻保持紅毯上的光亮。員工們都看在眼底，但人情無法以價格計算，所以也兌不了現金。

洪英莉已經懶得爭辯，或安慰家人。他們再等了數年，從接案到結案、呆帳，大約是洪英莉三十歲到四、五十歲。她從前有個同學是普通人家的小孩，當年他們班上很少這樣的小孩，洪英莉因此特別記得她。在那段時間從員工輾轉升到經理，最後遠去波士頓當了顧問。

然而，事業得繼續下去，她沒時間自找傷感；數以千計的人靠著分食這幾億元而活。舅舅只是名義上的董事長，丈夫只負責技術方面，洪英莉身為會計和人事管理，在最窘迫的時候，連房屋買賣、文書送審、掃廁所都是她一人做，一個人抵上十個人。男廁女廁她都掃，就算是再難沖的大便，總不能放著臭！一咬牙，一閉眼，都得清下去！

做這種事情的時候，不只戴著乳白色的膠製手套，連玉鐲都沒在手腕上的。

他們嘗試過控告，來場西裝與西裝間的對決。還沒到法庭上，光是等待的期間就是火燒般的數個月。然而，按母親事後說的話，「他們衙門大，我們這是小蝦米對抗大鯨魚。本就毫無勝算了。」

「蝦米嗎？」舅舅慘然一笑。

洪英莉和丈夫坐在一旁聽，也沒說話，待會還需要以更謹慎的詞彙轉述給夫家一次，因此兩人都得聽仔細。

面對用公文書當武器的敵人，比對抗雇人拿槍對準嬰兒的傢伙還要困難。她第一次深刻體會到，有的人殺戮是不需要武器的。四十多歲才體會到這點似乎太晚了。

那次法庭結束後，洪英莉自己開車離開。她還有一場工程，排在當天探勘。丈夫坐舅舅的車回公司了。孩子們在上課，兒子剛讀國中，學費又比以前高了不少。跟員工薪水不同，是真的拖欠不得。周末就要給兒子錢了，所以她還得去一趟郵局。

戶頭裡剩兩萬塊錢，至少沒了三個位數。英莉今天必須領出其中一萬。一想到手頭立刻又空了一半，一隻冰涼的鳥在脊椎裡向上撲騰，震得她險些站不住。

總該習慣了，她想。

別墅賣掉了，老媽子和傭人們解散了。他們賣了、丟了許多東西，租了間家庭式套房，暫且棲身。洪英莉知道孩子們還想了「省錢作戰」，用自助餐、多盛的營養午餐、商店免費提供的醬料包，想瞞著她省一點是一點。他們在房間裡討論的聲音其實很大聲，也許習慣了多層樓的透天厝，不知道怎麼拿捏音量。洪英莉也沒說什麼。

她俐落地按完數目，正等著提現金，手一滑，零錢撒在地上。暗罵自己一聲蠢，蹲下身手忙腳亂地收回零錢，頭上傳來紙張唰啦啦的聲響。

等她起身，心裡一咯噔，只見現金處空空如也，隨之闔上。

英莉的動作很快。最靠近自己的清掃阿姨是第一個被她揪上的，「妳看到那邊有一萬塊錢嗎？妳拿了一萬塊錢嗎？」

「沒有。」對方一副受驚嚇的樣子。

「沒有嗎？沒有嗎？」洪英莉哭不出來，反而還得笑著，才有禮貌。頭暈腦脹。兩眼發昏。眼眶遲遲地熱了，但就是哭不出來。

她把清掃阿姨的身體上下摸了遍，真的什麼都沒摸到。又立刻捉住其他清掃人員，因為附近只有他們，但每個人身上都沒有東西。

飛了，一半的錢飛了。

洪英莉只能回到車上。

道路監視器拍到的，是一整街安分溫和的轎車，只有一輛剎車踩得急了點。因為沒錢繳罰金，沒錢修車。

工程在水庫上。她其實早早就到了，但員工們遲遲找不到她。公司裡的事情一件件浮出員工的視野，紅毯也沒那麼亮麗了，又是在水庫邊上，一群人開始焦躁起來，往四面八方找。過沒多久，車子找到了，人還是不見，他們更急促地在陸上找，誰都怕找去水底。

這些她都看在眼底，在壩頂上，看著一群人像螞蟻一般騷動起來。因為他們多半到廁所、林間找，沒人抬頭看。

壩頂離他們很遠，連說話、喊叫的聲音都聽不到。

因此她聲嘶力竭地，像一隻受傷的禽鳥，發出來自咽喉深處的悲鳴。她哭到彷彿要作嘔，眼淚很快爬滿臉，但又沒多到能支撐這麼久的悲傷，因此最後臉上又黏又乾，喉嚨裡只能呵出微弱的氣音。洪英莉依舊緊緊抓著欄杆，指節泛白。

快日落了，眾人終於看見洪英莉。原來是去洗手間迷路，順道探勘一遍了。當事人講得若無其事，禮貌地微笑，所以沒有人繼續追問下去。

那幾億幾千萬，怎樣都不能虧損在公司上。

「客戶」沒錢給，就自己生錢。

洪英莉先和舅舅、母親提起這件事。這事需要他們的支持，她不能沒有他們知情的前提就搞這齣。一齣能把幾萬變成幾千萬的魔術戲。對象是先前曾經站在對立面的另一間營造公司，當然並沒有對立到命指嬰兒的狀態，因此還有空間可以變化。

母親皺起眉，但終究只說：「妳很精明，我相信妳。想清楚就好。」

舅舅則擒滿了男兒淚，滿口道歉。

英莉除了禮貌應對之外，再客氣地補充了一句：「另外，關於之後可能發生的事情，我不在的時候，我的兩個孩子……」

舅舅立刻接上話，「能幫忙的，我一定會盡量幫！」母親也點了點頭。

英莉把一切看在眼底，也才點頭。

回家後，她把這一切告訴丈夫。丈夫欲言又止，最後說：「孩子那邊，妳到時候打算怎麼解釋？」

「老實說就行了。」洪英莉直截了當地說，「這沒什麼好隱藏的，他們知道我是什麼樣的人就可以了。」

她隔天晚上到牛肉湯店裡，點了一碗牛肉湯，盛了一碗碗免費吃到飽的滷肉飯。沒有時間驚慌逃避，她要有力氣堅強下去。她一口比一口用力地將飯扒進嘴裡。

＊　＊　＊　＊　＊　＊　＊　＊　＊　＊

她被分到的房間是四人房，其中兩個人連牙齒都快看不見了，不曉得是被毒品蛀蝕，或是被打掉的。整棟建築物，大多數都是吸過毒的人，許多看起來人模人樣的。穿著打扮，當然看不出來，每個人都是灰綠色的制服，也沒有化妝品。但從言行舉止和外貌，還是能夠推敲出罪刑。

以洪英莉第一個待的五三七房而言，頭腦最好、運作最正常的是詐欺罪，整條手臂和後背龍鳳刺青的是恐嚇罪，戰戰兢兢、總是各自縮在角落的則是毒品罪。毒品罪的兩個女孩才二十出頭，已經待了一段時間，不太會出現藥癮，只是散發一種食物鏈底層的小生物氛圍。不曉得恐嚇罪的人灌了什麼迷湯給這兩個小生物，她們總是表現出十分畏懼的模樣。

至少快三年的時光，把它當作夏令營，熬一下就過去了。洪英莉想。從前住在天母、被老媽子們服侍的時光，到現在脊椎和尾椎僵硬地貼在木床板上的模樣，四、五十年也像一眨眼而已，短短三年，很快就能過去了。

恐嚇罪的叫劉允凌，小生物的其中一個在英莉入監後不久出監，雖然再過幾個月又進來了，卻已經不同房。另一個待的時間又更久一些，叫杜小杏。前一個小生物離開後，她的肚子也日漸明顯地隆起。

只要人群聚集的地方，都能表現出一種普遍的「社會性」。在學校，化妝花枝招展的女同學們大多讓其他同學不敢接近，或讓人諂媚、討好；職場上，握有權力的人，無論是否實權，都自帶一股不容反駁與忽視的氛圍。被她們盯上的人，身上都會帶有類似目標獵物的標記，為了不讓標記轉移到自己身上，周遭的人通常會下意識地避開被標記的同伴。

劉允凌的刺青像是兇惡的禽類眼睛，英莉雖然沒放在心上，但知道刺青女私底下不准另外兩個室友和英莉說話。她自己會和兩個小生物大聲說笑，都是低級俗爛的笑話，主要是自己講，小生物只負責笑。英莉也算有個清靜，至少空閒的時候，可以在自己的書桌位置上寫寫信。只要在時限內交給幹部，幹部審查完之後，信就能交到兒子手上了。

住進五三七房兩、三個月後，中秋節，女兒送了月餅和柚子來。她領回寢室，一開門，只見兩個小生物齊齊僵直身子。一號小生物當時出獄了，遞補進來的是非常瘦小的二號小生物，常常和杜小杏一起聽從劉允凌的命令，幫她做許多額外工作。兩人見進房的人不是刺青女，臉色略微放鬆，又轉過頭做各自的事情。

英莉微微一笑，以和藹的表情說：「我女兒送來月餅和梨子呢！妳們要不要一起吃？」

兩人快速地互瞄了一眼。就像用甜牧草誘惑兔子，英莉小時候去養了兔子的同學家，只要拿出甜牧草，那隻兔子根本不認主人。她們還有點遲疑，大約是想到平時的作為，又想到若被發現會被原主人教訓一頓，不禁尷尬起來。

見狀，英莉又善解人意地補了一句：「沒問題的！在劉允凌回來之前，我們早就吃完了，不會被發現的。」

兔子的約束能力也就如此了。

月餅是盒裝的，全被戳破一次，梨子也被胡亂切開。凡是送來的食物都會被這樣剖開檢查，畢竟全監獄最多的是吸毒人口，連帶沒有毒品罪在身的人，收到任何食物都會被徹底檢查一遍。但進口水梨不會因被亂砍而降低甜味和清爽的口感，高級月餅的紮實紅豆餡、鹹蛋黃也不會因此四散。

這兩人即便在監獄外頭也不曾吃過這麼好吃的東西吧，英莉心想。

三人一邊吃，一邊聊起天來，她們是第一次聊天。二號小生物已經快三十歲了，和男友竊盜、販賣贓品以維生，偷來的輪胎一次賣個幾千塊錢也很高興。杜小杏一臉傾羨地看著她，接著說起自己和前男友的孽緣，從高中就開始跟著吸毒，現任男友的孩子還在肚子裡，就入獄了。

英莉面不改色，其實內心十分驚異，那小孩會從娘胎開始帶有安非他命毒癮嗎？她很想問，但話題輪到洪英莉身上了。

「有聽說姐姐是詐欺罪，姐姐騙了很多人嗎？」杜小杏好奇地問。

本來想一語帶過，洪英莉一開口，眼眶卻酸了起來。無論敘述轟轟烈烈，或平平淡淡，她現在也和她們兩個一樣，是在監獄的紙袋工廠裡領每個月幾千元的零用錢，睡在硬木板上。到頭來是一樣的。明明應該看開了，話滾到喉頭卻鯁住了，什麼也說不出來。

她話不著邊的胡亂感嘆一會兒，改問起劉允凌的事情，杜小杏立刻說了許多資訊。例如劉允凌和幹部李迎堇特別好，笑語常談，所以每個跟劉允凌同房的人都很怕她。又說到知道杜小杏懷有身孕之後，劉允凌以此為藉口，常常說「吃這個對孩子不好！」就把小杏從福利社買回房的零食搶去吃。前一個室友也是被這樣對待的。

英莉想起，在休息時間聽聞工五廠的幹部李迎堇也是毒品罪的，還是二度入獄，被判了十幾年，不以為意地笑了笑。

她問小杏：「為什麼不告訴幹部這件事？劉允凌沒有權利搶走妳的東西，那是妳辛苦賺錢買到的欸！」

小杏笑了笑，虛弱地說：「不用了，要在這裡過三年呢，能平安無事就可以了。」

二號小生物已經把她份量內的食物吃完，看英莉桌上沒有其他糧食，伸了個懶腰，就回到自己的位置了。小杏似乎很高興能跟英莉說上話，問得越來越勤。知道英莉有兩個只差自己幾歲的小孩，顯得很訝異。

「姐姐平常寫信，就是寫給小孩的嗎？」

「對，我兒子在讀大學，他可和我一樣聰明呢！我們很常通信。」

「女兒呢？」

「唔，她還在讀高職，餐飲科。我偶爾收到一些熟食，都是她做的。她離這裡近一些，所以每個禮拜都會送點食物來。」

小杏邊聽，邊笑起來。英莉不知道小杏在開心什麼，但看到她的笑容，莫名地感到安心。小杏又問：「姐姐，妳比較喜歡兒子，還是女兒？」

英莉隨口回答：「要說喜歡的話，自然是兩個都喜歡，但兒子比較聰明，更像我一點。」她身為人母並不少聽到這類問題，一向如此回答，因此小杏愣住的反應完全出乎她的意料。

若是「外頭的人」，例如親戚，或職場朋友，或許久不見的同學會場合，大家會樂呵呵地笑起來，並把洪英莉的機智事蹟再稍微拿出來數一遍。她第一次遇見有人不滿意這個回答到淚水盈眶的地步。

「女兒笨了一點，就比較不喜歡了嗎？」小杏問，鼻頭都微微紅起來了。

英莉說：「不是不喜歡，但知道她能做的事情少一點，所以之後有需要幫忙的地方，才好幫忙啊。」

小杏欲言又止，半晌後靜靜地說：「我——我很喜歡和姐姐說話。希望以後還可以再一起聊天。」

英莉笑著答應了。

下午，劉允凌回到寢室，三人都在做自己的事情。英莉和二號小生物同側，背對另外兩人，因此一副認真寫信的表情，等著聽背後的聲音。

果不其然，劉允凌看到垃圾桶裡面有三個空包裝的時候，反手第一個就是揪起杜小杏的領子。小杏慌張中，不斷看向英莉和二號小生物。最後兩隻兔子跪在地上，對原主人一遍遍說著：「對不起、原諒我、下次不敢了。」

劉允凌不敢直接出手。她一開始並非沒有試過，面目兇惡地靠近英莉，只是後者不為所動。不僅當下毫無反應，甚至洋洋灑灑寫了好幾張紙，清算劉允凌當下講的一字一句，鉅細靡遺地呈現給主管看。她自從知道幹部也是從獄友選出來的，就決定所有狀紙都直接投遞到主管手上。

想當年，還沒有負債、公司一切安穩的金色時光，一群凶神惡煞的壯漢衝進辦公室，刀、槍、棍棒都提著。英莉一個人端正地坐在辦公桌後，翻出帳本，一筆筆數目算給那些男人們聽。她在這行業久了，碰過不少次類似的情形，但她清楚盜亦有道。帶頭的人反而轉身要雇主道歉，另外客氣地和英莉說：「這一場算我們對不起了。以後有什麼事情，都能告訴我，我們幫到底！」

英莉笑一笑，溫和地回答他：「我不需要別人幫我討債。不過，難得都來一趟了，你們吃頓飯再走吧。」

後來才知道，在小隔間裡避著的丈夫聽到這一段話，簡直要昏厥過去。不過她洪英莉向來這麼做事，以至於每個人相處過都認得她是什麼樣的人。事實上，再過十幾年，戶頭裡只剩下兩萬元的那種時候，她想起這段，不禁感嘆話說得太早。只是需要還他們錢的對象，就靠那幾個提刀提槍的人，分文都討不起。

主管一接到告狀信，又驚又惱，直接把劉允凌捉來數落了一遍，事後聽小杏說，似乎是一號小生物認為自己在獄中的時間不多了，所以偷偷去作證，讓刺青女被扣了分數。她因此謹慎了點，分數畢竟攸關待在監獄的時間是否能夠縮短一些。英莉每隔兩、三個禮拜，又把恐嚇的惡狀一條條清楚地寫在信紙上。最後將劉允凌調到其他房間了。

副作用也很明顯。

摺紙袋需要大力壓、按，主管從旁走過，尤其是主管秦芝照，沒有一次少過，一定會冷冷地說：「四四二九，大力點！」

英莉只覺得自己手背上的皺紋都要被擠成堆了，但主管不曾滿意過。

此外，她也有段時間被秦芝照主管短暫地扔到新入獄的毒品犯專屬的房間。社會叫她們毒蟲，毒梟，其實都長得那副模樣，只是有的一張口，牙齒都被銷蝕了，英莉也感到驚悚。她們晚上睡覺完全無法安靜，即使是特製的房間、四面八方都貼了軟墊，但毒癮一來，哭的哭、四處抓癢到刮出血絲的也有，或者即使都是軟墊，也死命地撞牆。有的喊爸媽，有的喊男友的名字或暱稱，總之不得安寧。

撇除這種時候，其實一群女人剛入監都還很安分，戒斷的手抖、哭泣也只是一段段地出現。英莉嘗試讓她們分工合作，擦地、擦桌子、掃地，各司其職，效果意外地好。

一個月後，主管又再次找上她，豎起眉，說：「四四二九！妳很會寫的樣子啊？來，日誌給妳寫。」

她一口答應了。並不是因為害怕那鳥爪般尖銳的話語，只是身為當年第一次滑冰就能不扶杆、全班還在基礎功的時候就能臨摹油畫、以專校所教的國貿知識成為公司營運主腦的洪英莉，到哪裡都會是菁英，並不需要特別的渲染或誇耀。這只是理所當然的事情。再因為字寫得美而被分派去書法班，去參加競賽等等，這些都是後話了。

然而，書法並不是一堂讓英莉很喜歡的課。老師說她的字「透露出覺悟和野心」，她背後不自覺一陣冷汗，畢竟她在傳講聖經的老師們面前可是說了不少次懺悔的告白。播放聖歌的時候，一個女生突然淚流滿面，聽說她也很受主管們的喜愛。總是有這樣子，擅長生存的人，但也給了英莉靈感。

書法老師看英莉的臨摹字帖也已差不多，不知怎麼，還另外教她國畫。英莉說不想畫山水，老師雖然失落，又改教猛禽與惡虎；她趕緊又說自己喜歡的是麻雀的花鳥畫，這才完全澆熄這位老師太過旺盛到足以害她惹禍上身的熱情。

小杏知道英莉的書法得獎，一進房間就恭喜她。那時候，她的肚子已經特別大了。她們事先都知道，產期在入獄之後，幾乎不可能好好坐月子，小杏也十分害怕，但聽說前陣子她和另一個在英文班相識的朋友聊過天之後，總算比較能面對生育的不安。

「姐姐總是很厲害的樣子耶！」小杏常常這麼說。英莉想，大約是在說她一直保持冷靜

的模樣，理性地分配所有事情。

那是當然的。英莉剛上專校時，參加過智商測驗，測出接近一百三十的分數。會計、統計，包括從前的財務管理都是，總之一個蘿蔔一個坑的放好就行了。腦袋夠清楚的人都會記得有哪些蘿蔔、哪些坑。但進到監獄之後，英莉更理解了不是每個人都可以把蘿蔔放對坑，尤其腦袋被毒品混攪一通的大有人在，光是偷個幾百元、幾千元的輪胎都能快樂，拿來說嘴，或感到傾羨——那樣的人只能當蘿蔔而已了。

劉允凌離開後，竟然是杜小杏在英文班認識的朋友搬了進來。

趙常蘭。她比杜小杏大了十來歲，也比英莉小了十幾歲。制服乾淨俐落，沒有刺青，指甲上也沒有坑坑疤疤的咬痕，牙齒都還在。此外，她隨身帶了一張照片，聽說只是她女兒跟她的合照。

四人中最常收到信的人也是她。英莉在獄中兩年半的時間，也暗自觀察過，這個人收過的信絕對比英莉認識的其他人還要多上許多。那樣子笑口常開的人，應該非常令人警戒，但杜小杏似乎一點戒心也沒有，總是快樂的迎上去。

從他們聊天的過程中，英莉才知道趙常蘭待在這裡已經快滿七年了，同樣在紙袋工廠工作，她和主管宋曉泉很要好，兩人常常談笑風生。倒是和秦芝照沒什麼話說。她以跟劉允凌完全不同的方式掌控了這個房間，就算是看到英莉，也會一張笑容可掬的臉探上前，英莉也就笑笑應對。

趙常蘭來到房間幾個禮拜後，有天晚上突然拉了房間的其他三個人起來，雙眼閃亮地要她們陪她一起想，出獄之後要做些什麼。她先興奮地說：「我要出書！出書，把我的心情都寫下來。然後賺很多錢，帶媽媽和女兒出國玩！」

其他人明顯都被這突然又奇怪的勵志聚會驚嚇到，但杜小杏馬上也接著說：「我要繼續去讀英文，找到工作，然後……一邊養他一邊看能不能考上大學。」她邊說邊摸著自己突起的肚子。那瞬間小杏的眼神有些不安，在一片明朗的氣氛裡蒙上一點陰影，英莉注意到她小小地挪動了一下，不知怎麼的讓英莉聯想到曾經陪兒子看動物頻道，螢幕裡的母鳥試圖用身體完整地蓋住整窩蛋，彷彿感知到人類的鏡頭。

英莉不太清楚小杏的故事，但趙常蘭接得很快：「小杏一定可以的！不管是好員工，還是好媽媽，好學生，小杏願意的話一定能很快上手的喔。」

小杏又快樂地笑了笑。

英莉感覺氣氛要往她轉來，因此定定地看著偷輪胎的女孩，另外兩人也跟著轉頭。

那女孩似乎也不知道該說些什麼，隨性地造了句子：「我出去之後，想大吃一頓，吃各種好的！」

常蘭笑著說：「各種好的，什麼好的？」

女孩有點詞窮，慌忙地回應：「像是，呃，烤肉啊，或是鹹酥雞，火鍋什麼的……」

「火鍋這種好料的話，這裡就有了喔。」常蘭說，和小杏一起笑起來。英莉有些詫異，

看得出來女孩也是，但她更好地控制了表情。小杏接著說：「過年的時候都會吃火鍋的。嗯，當然跟家裡吃的不太一樣啦。」

常蘭又說：「而且這裡的火鍋還會有蝦子之類的，料很豐富哦。」

女孩似乎認為兩人在笑話她，英莉坐在旁邊都感覺得到她的臉在發熱。不過，聽見常蘭這麼說，英莉還是有些詫異的。她一直私下猜測常蘭的家境和她差不多，獄中的食物如同名稱只是「囚糧」，不會算在所謂的「好料」裡。

笑聲結束後，每個人都往她看過去，本來不打算接話的英莉，也不好打壞和樂融融的氣氛，只好胡亂編了一個：「我……出去之後，要陪著女兒……然後，呃，開間飯館之類的。」

趙常蘭吃驚地說：「姐姐妳會做飯啊！」

「不會，但我女兒是餐飲畢業的，所以我想……」英莉陪著笑了一下。趙常蘭來的這段期間，女兒送來的食物也沒有少分給她過，她應該多少從小杏那邊聽來一些事情。

英莉從別人的聊天裡聽說過，趙常蘭是違反了銀行法才進到監獄，除此之外沒有其他罪名，只消得乖乖在獄中待數年。她洪英莉乾坤挪移了千萬換來兩三年，這人到底是做了什麼——儘管好奇得很，這種事情就常理而言不應該隨意打聽。而當時在美術班聊天的兩個毒蟲似乎也已經是監獄裡的常客，對銀行法說得不明不白，什麼也問不出個所以然。

她沒心思注意常蘭接下來又講了什麼，因為外頭突然一陣尖叫，銳利的哀鳴聲刺得附近所有寢室都騷動起來。從另一端傳來的，是新入獄的毒蟲專房。英莉對這樣的叫聲印象深刻，當時她睡在一號床鋪、負責當房長的幾個晚上，就親眼見過幾個毒癮上身的女孩邊呻吟邊刮著自己的皮肉。

只是，那些專房為了不讓初入獄的毒品罪犯們影響正常人，尤其現在這種深夜時刻，不應該有這麼大的聲響。

管理階層的人們來得很快。從門縫可以看見腳步快速的掠過，四人趕緊爬回自己的床位，大氣不敢喘一口。英莉在床上默默地聽外頭紛亂的談話聲，那聲鳴叫太響亮，刺得她整個人都懸在空中。

騷動或許沒持續太久，也或許是英莉很快睡著了。她作了個很詭異的夢，夢裡的趙常蘭不知怎麼的帶她去看馬戲團，舞台中間站著一隻大鳥，長著杜小杏的臉，牠鼓鼓的肚子隨一顆蛋「噗咻——」的飛出來而癟了下去。趙常蘭又站上了台，用突然變出來的華麗手杖，卓別林似的敲了敲蛋，女兒拿著一袋烤雞從破碎的蛋殼裡緩緩站起身，面無表情地走向她——

英莉一身冷汗的醒了。已經到了起床時間，音樂似乎播了一陣子，通常她會是寢室裡和趙常蘭第一個醒來的。但今天她是被杜小杏搖醒的。

「姐姐，姐姐還好嗎？」小杏擔心地說。

英莉全身發熱又痠痛，比睡著之前還累許多，但還是勉強地笑了笑。她比較擔心自己會作噩夢到呻吟，都多大年紀了，整個寢室只有小杏如此。

她濛濛地聽見趙常蘭說，昨晚原來是有個女孩突然拿起筆往自己的喉嚨刺，一下子沒死成，疼得大喊，驚醒室友，又惹起一陣尖叫。似乎是毒品罪的，明明也快出獄了，突然變成這樣。

整個早晨只有趙常蘭提出的稀少言論，走廊上連血跡也沒有。大家沉默地吃早餐，一如往常。獄中還是這麼多人，都穿著同樣的制服，只有編號不一樣，英莉也分不出來有誰不在了。

她像往常一樣幫秦芝照主管寫日誌。沒有什麼不同，仍是一成不變的日子。句號的墨水凝得特別深，一顆黑珠子立在那兒，英莉沒注意到，仍然把本子蓋上，小墨珠「啪嘰」一聲，像被拍死的雌蚊子，印了一道淺淺的漬痕。

* * * * * * * * *

女兒推開門，房間裡除了一盞強白光的檯燈外一片漆黑。英莉正收拾東西。她看見女兒解下圍裙，隨口問道：「料都備好了？」女兒靜靜的應了一聲。

等英莉吃過第二次監獄裡難吃又可怕的火鍋不久，她就獲法庭准許，堂而皇之地走了出來。沒有賺人熱淚的餞別，也沒有感慨至深的結語，相比進入，出來更突然。當她準備換下制服時，秦芝照從旁邊走過，也只是短短地點個頭，說：「妳要出去啦？」

「嗯，出去了。」英莉笑著回，好像只是去上個廁所。

小杏當時肚子已經扁回原本的模樣了。英莉出獄時，小杏還在上課，她特別沒跟小杏提起，因此事後英莉再帶女兒做的滷味拼盤前去探望時，小杏還為此哭泣了一場。英莉倒是又能輕鬆地笑別人愛哭了。

笑話完，她正了正臉色，說道：「妳還年輕，一定要振作起來。那孩子還在等妳，不是嗎？」

當初小杏突然臨產，人幸運地在寢室，而且英莉和趙常蘭都在。常蘭第一時間跑去叫了主管和幹部，小杏一臉恐懼的抱著肚子，彷彿裡面裝了一顆未爆彈一樣。她的睫毛輕輕煽動，上面布滿一點點淚珠，英莉不合時宜的想起小時候和哥哥妹妹一起裝飾的聖誕樹。

「我好怕。我怕我要死了。」小杏輕聲說。她的額頭疼出汗水，連叫喊的力氣都沒了。英莉握著她汗濕的手。趙常蘭長時間餵食的心靈雞湯好像瞬間都剩雞骨頭了。突然壩頂、提款機、黑道手槍等等的畫面從她眼前掠過，她不知為何想到以前連搭飛機遇上亂流，都只會在一片驚聲尖叫中想著保險金能領多少。

「跟它拼了，小杏，別怕！」英莉忽然緊緊抓住那雙手。小杏不停呼吸吐氣，聽到這句突然又齜牙裂嘴地笑起來，說：「和什麼拼啊？」

「想和什麼拼就和什麼拼！」英莉望著她，眼裡燃燒著放久了依舊乾燥的柴火。「妳跟孩子都是，不要怕，拼就對了！」

小杏痛得嘶了一聲，臉都白了，嘴角還是微微地笑了起來。「如果孩子是笨蛋呢？」

英莉被這蠢問題激得氣短，破口大罵：「笨蛋又怎樣！就算是笨蛋也要活下去，堅強的活下去，死了就什麼都沒了！」

當小杏被抬走時，她熱淚盈眶，英莉也是。

過了很久，英莉都從書法班、美術班換到衛生科了，小杏才再度出現，有點憔悴，有點虛弱，但一見面就抱住英莉。

出獄之時，英莉是女兒騎摩托車來載走的，但在家裡受到母親、妹妹、兒子和丈夫的熱烈歡迎。這兩年半，若有任何同學或陌生的親戚問起洪英莉，他們口徑一致地回答她在國外。英莉久違的吃了可以開懷大笑、大聲說話、暢所欲言的一頓火鍋。兒子在當工程師了，丈夫也繼續當技師，母親還有些老本，所以生活還算能過，想吃什麼料，火鍋裡盡善盡美。只有在她飯飽之後對兒子說了一句：「以後別想著創業了，安分守己的過吧。」讓空氣凝結了一下，但也沒太久。兒子很快就說自己沒創業的興趣。丈夫也沒心思再做大事業了。

晚飯後，不顧家人們的反對，英莉自告奮勇去洗碗。在獄中只需要洗自己的碗，她好久沒洗到家人的——丈夫還是一樣會留幾顆飯粒，母親的醬汁總是盛得過多，兒子和女兒的碗則是連底都吃得乾淨。她洗到一半，女兒默默地走到旁邊，拿起洗碗槽裡的碗、抓起另一塊菜瓜布，就開始搓洗。

「妳不用來洗的。」英莉說。女兒搖頭，靜靜地繼續動作，英莉也就沒說什麼。

當手上的泡沫也沖掉，英莉正要擦手，女兒卻開口了。

「媽，我想……開一間餐廳。」

她詫異地回頭，女兒雙眼看著地上，臉紅紅的，但嘴唇倔得死緊。

「怎麼會想這樣做？」英莉冷靜地問。

原來女兒在幫她做探視料理時，也另外在同學家的餐廳幫忙。她連菜單都設計好了，當晚就拿來給英莉看，美術圖都不比英莉在美術班畫得差。

「中式跟西式、小點心都有的簡餐店……我可不會做那麼多菜，這些都要妳一個人做嗎？」英莉有些不可置信的問。

但，雖然不可置信，心裡卻又有股不言而喻的淡然和篤定。

眼前的女兒已經二十開頭了，如果是她，也許不會需要自己在高高的壩頂上，對著一片空曠撕心裂肺地哭吧。

女兒抬頭，冷淡而又有點驕傲地說：「這些，我可以一個人做。我一個人可以抵十個人。」

後來才知道女兒已經先和大金主討論過了。母親將幫忙支出前數個月的租金和基本的設備費用。最大的問題解決了，後續當然也就好商量。

餐廳會計、接待、收拾桌面，都由英莉來做。他們租的地方原本是髮廊，英莉用自己從前的油畫重新裝潢了一遍，包括曾經的忠孝橋、淡水河、基隆港，都是她過去的寫生對象。

每天，女兒晚上忙著備料，中午開店，晚餐時間過後打烊。工作期間，英莉也跟著忙起來，雖然和從前臺北高雄兩頭跑會議的日子比起來清閒許多，但公休的時候也能去書法班臨摹一番。小杏出獄後也來光顧過幾次，她現在有一口流利的英文，正在努力考會計，一邊準備大學考試的樣子。附近就是幾間補習班和學校，也有些窮學生在店外探頭探腦，英莉會把他們招呼進來。

「難得都來一趟了，吃頓飯再走吧。」英莉會笑著招待，再算半價或免費。窮學生歡天喜地的享用一頓簡餐，臨走之前不忘再三道謝。

她也重新和榮華富貴的同學會接上軌道，那些動輒大企業、大公司的老闆和老闆娘們，見到她很是歡喜。英莉在脖子上繫了最有質感的絲巾，從前收藏的典雅的禮服，洪英莉又是能談笑風生的體面人了。有人說起誰的公司在社會頭版上登得好大，說是倒閉了，洪英莉也能風度翩翩的淡然說：「那也只是時運問題而已。有時候就是這樣，時也，命也，運也，非我之不能也。」一口哲理讓其他人好生欽佩。

不只一次，女兒問：「媽，妳這麼愛寫書法，幹嘛不掛店裡，牆上還有位子啊。」

英莉總會笑笑說：「這些只是寫好玩的。」

其實她知道，也許女兒也心知肚明——書法和油畫畢竟差太遠。這間店還只屬於油畫。

杜小杏的故事

杜小杏喜歡下班的時候，走到孩子的國小。她喜歡看著兒子和同學們在草原上奔跑，嬉鬧，尤其他用樹枝搭建起一個個巢穴，說是給蚱蜢或蝴蝶做的家。若是他當班長，也會盡責地守護其他同學，不跑出校園。

為了看這幅景象，她願意一下班就脫下礙事的高跟鞋，往遠遠敲響的鐘聲趕去。晚春了，天黑得慢一些。

兒子的習作很被老師稱讚，現在都開始寫一些資優課程的作業了，會做些數學、自然題目。但其實他比老師想的更快樂一點。有次，兒子拉著她到操場中央，指著一株絨毛圓滾滾的蒲公英要她看，整張小臉都是看到生命的欣喜與快樂。

鐘聲又響起，那是附近國中晚自習的敲鐘了，距離太遠，隔了長長的空氣，傍晚由橙紅轉深藍的天際，使鐘聲聽起來有點破舊的味道。兒子下意識地站直，明年開始他要跟著那道鐘聲作息了，雖然木訥寡言，可是看得出來他有對時間流逝的警惕。

他們習慣一聽到鐘聲就安靜下來，望著人聲漸稀的操場，連其他同學也是。微風吹過，把樹枝巢穴都吹垮了，小杏的長髮也散了，和兒子輕輕地碰在一起。鐘響悠揚地盪著，一聲聲地盪，盪——盪了二十多年。

＊　＊　＊　＊　＊　＊　＊　＊　＊　＊

如果是十三歲的杜小杏，穿著整潔規矩制服的杜小杏，還是個班級排名中上的好學生。同樣的鐘聲響起，天已經黑了，當時還沒有晚自習，大多數學生都急急離去，他們害怕夜間部五顏六色的學生們。

一開始，小杏也害怕他們，正確而言，比起害怕，更多的是看不起。她不是頂尖聰明的學生，成績很努力地維持在那裡，也只是懸著，家裡雖然有補習的餘裕，但是堅持自己撐起來的。連蜜蜂都知道要採粉才有蜜吃——媽媽在做小額投資，爸爸生前是保全，他們從小杏童年起便如此教導她。

但就和大部分同學一樣，她從沒向那些人提過這種話，之後也沒有。他們也不太提夜間部的話題，因為就算提了，說什麼也不對。崇高一點的同學會討論到背景、階級複製的問題，平板一點的同學會直接視他們為無可救藥的混混。

因此，那天黃昏，小杏因為問問題而晚些離開教室的時候，她情不自禁地被一隻蝴蝶吸引住目光——走廊的窗戶被夕陽照得發亮，蝴蝶隨著光芒飄去，飛過一張清秀端正的臉龐。

她悄悄跟上這個男孩，穿著同樣整齊的制服，乾淨規矩的短髮。當他自然地走進一群牛鬼蛇神的教室裡坐下，小杏睜大了眼。

那個男孩轉頭，透過教室窗戶，對她微微一笑。

中間又有幾次邂逅，彷彿整間校園裡只剩他們，所以能夠如此輕易地相遇。小杏也不一定問問題，可能是整理抽屜、幫忙打掃教室等等的，總之會有理由待到這一個鐘響。他們漸漸說上話，男孩連說話聲音都很斯文，身上帶了股菸味，一種小杏的其他男同學都不曾有的成熟魅力。原來男孩大她幾歲，背負許多故事，才需要讀夜校。她喜歡聽他說那些夢想，聽他說闖蕩江湖社會時的爛事與好事，偷偷聞他脖頸間的菸草味。那段時間，有個手臂上都是刺青的莽漢，是男孩的同學，又更老一些，一臉兇狠，要小杏離男孩遠一點，但她並沒有理睬。

男孩第一次邀請小杏前往參觀他和他的朋友們專屬的「祕密基地」，其他的女孩子穿著極短的裙子，黑蕾絲內褲若隱若現，在包廂的沙發上摩擦。小杏穿著制服。

他們噗噗地抽著某個東西，有一些焦味。小杏看出那不是普通的菸，男孩告訴她是水煙。

每個人的臉上都浮現極致快樂的表情。

男孩說，有了這個，整天快樂的過也可以賺錢，不用再理會那些狗屁倒灶的事情。

他手上也有一根，霧氣散開時往他的脖頸包圍，像門簾一樣。

小杏接過一根，小心地吸了一口，被嗆得咳嗽連連，淚眼迷濛中聽到他說「乖女孩」，

但一切模糊成影子，看不清楚他對誰說。過了一會兒，腦筋漸漸鬆了開來，世界變得明朗開闊。她的眼前一片清晰，回頭望向男孩，看見他的雙眼裡也充滿了光采。

他說，這就是世界，這就是真理，夢想真正存在的地方。

小杏已經無暇理會他，她的腦袋裡充滿許多東西——早上解不開的數學題突然出現答案，今天發下的作文題目瞬間滿滿的都是靈感；某種可以把全臺灣口味的蛋餅都融合起來的美味配方，以及好幾個讓世界和平的提案；她彷彿正在飛越高山、海洋、沙漠、冰原，男孩的聲音遠遠的，來自銀河或某個更遠的地方，總之只剩下飄渺的回音。

原來水煙是這麼美妙的東西。小杏和女孩們事後說起這些感想，換來的回應是一片不可置信的大笑聲。她們說，水煙遠遠不僅如此，還能瘦身。女孩們每個都有一條柔軟的、蛇一般的腰，蒼白的皮膚，像吸血鬼似的。

小杏回到家，媽媽剛下工。其實還很多儲蓄，她只是閒不下來。小杏知道，媽媽一閒下來就會想起爸爸，接著臉龐會被淚水浸濕，就這麼靜靜地坐在客廳的三人沙發上，衛生紙一球球地越積越多。

自從爸爸死後，媽媽不再回主臥房睡了，總是在沙發上，隨手揣件爸爸的大衣當棉被蓋住身體。

小杏有時候也會看見客廳桌上留著酒瓶，酒罐，都是廉價的啤酒。從前媽媽會買紅酒，就算只是便宜的市場牌，爸爸還在的時候，他們會並肩坐在沙發上，邊聊著新聞邊慢慢喝幾口。爸爸還會招手叫小杏也過去，騙她杯子裡裝的是葡萄汁。那是更久以前的事情了，小杏第一次喝酒就是被爸爸騙的，只覺得又苦又澀，被爸媽大笑了好久好久。

她從那之後下定決心，自己終生不菸不酒。菸肯定是臭的，酒根本難以下嚥，才不做自討苦吃的事情。

有時候，媽媽會哭得像一隻受傷的母狼，伏在沙發旁邊的空位上抽動著肩膀。酒瓶越來越多，砸碎在地板上。通常都是深夜，過了一會兒，小杏的房門被緩緩推開。她這時候都會靜靜地躺在床上，背對門口，讓棉被的輪廓跟著自己的呼吸平緩地起伏。

門口的燈又一吋吋地暗下。媽媽的拖鞋聲慢慢離去，回到客廳，小杏才睜開眼，全黑的房間裡只剩她的雙眼，隱隱地閃爍。

* * * * * * * * *

等男孩成為她的男友，承認那不是水煙、是安非他命，兩人都散盡錢財之時，小杏簡直想掐死他，又下不了手，因為其實自己心裡隱隱的有譜。

就像一條粗麻繩扯著身體移動，不跟著它的步調就不爽快。當你想往反方向扯，例如靜下心讀書，想著以前努力的模樣，試著說服自己的手在藥旁邊的時候能視若無睹——那繩子就勒得死緊，在身上浮出一道道紅色的抓痕，癢得能讓人哭出來。

他們又嘗試過其他，男友曾帶來大麻和海洛因，書生斯文的臉變得更加蒼白、消瘦。他喜歡大麻，能夠幾個小時茫茫地呆坐在原地，任由女友打罵、宣洩，都能慈愛地微微一笑。只有這種時候才會對她笑。其他時候，為了錢，男友甚至曾經拉她的頭髮，往牆上砸。事後誠摯地道歉了。

但沒有能像安非他命一樣令人心醉神馳的。大麻只能讓人放軟，那些女孩有的皮膚因海洛因而白皙。再久一點，蒼白的皮膚像惡旱下的土地般崩裂，針孔一粒粒爬滿手。有的則被針孔戳成一團爛肉，掛在手臂上。她曾經看過對海洛因上癮的一位姊姊，針打到一半就靜靜地倒在那兒不動了，像是睡了。後來才知道那位姊姊再也沒起來過。

但安非他命帶來的是嶄新的世界觀和宇宙。

小杏先是從日間部轉到夜間部，拿了夜間部的獎學金，又賣了點東西。錢還是不夠。走投無路之時，那些蛇一般的女性朋友告訴她，有些工作不一定真的要「做」，只是給人看的，當然又能摸的就會再加一些錢。

她不敢跟媽媽說什麼。媽媽只知道自己有了點工作和薪水。小杏回家時，媽媽通常滿臉通紅地橫躺在沙發上，桌上的酒瓶混著前一天的，有些還滾到地上。她自己一人的時候，不曉得會不會發酒瘋，但杜家在這個地方住了許久，或許是鄰居們都知道這位寡婦的不幸，所以還沒有人投訴過。

小杏知道自己不應該如此。她真的知道。前幾天下班時，小杏遠遠地看見形似母親的一名婦人從巷口走過，她下意識轉身往巷子更深處走，索性似乎只是側面相像而已。但她還是硬生生地走到好幾個街口外的商店，找間廁所把身上露背露胸的短連身裙褪下，塞進書包深處。回到家，又是個制服整齊的小杏。媽媽已經在沙發上睡了。

而相較於小杏，男友可以做的事情又更少。他輕輕捧著小杏的臉親吻，央求她再分一些錢，幾十次幾百次地說著「最後一次」。書生的面容垮了，一張悽慘、疲倦交織的乞丐的臉，在一片煙霧中慘慘地笑著。

再一段時間之後，杜小杏才定下決心，收拾行李離開。她想了很久，但剩下的東西也不多了，把錢包、手機、幾套還能看的衣物帶走，月光透過窗戶照在俊俏的沉睡的臉上，棉被沒蓋住的赤裸身子熟悉而瘦削。她只再看了幾秒。

不能再放任了。連蜜蜂都知道要採粉才有蜜吃。

她搭著夜車前往西門町。這件事在心中彩排許久了，一個叫許明春的姊姊，是小杏坐檯的時候結識的，主動提出邀請小杏前往和她同居。明春姊平常就照顧她，多給她一些小費，聽說她家裡是和汽車相關的連鎖企業，撿隻流浪貓回去養也沒問題。

小杏也不再是穿著中規中矩制服的小女孩。她心裡明著知道明春姊算的是什麼，但同為女人應該會溫柔點，也不會懷孕，比起先前的不算什麼了。

趕緊毅然決然地向前走吧。

明春在西門町的房間是日租套房，一天八百元，一個月就得花上兩萬四。她們的薪水足

夠支付，明春還能另外買名牌鞋、名牌包，燙了時尚的波浪捲髮，不時能美甲。小杏知道明春以前也碰過安非他命，拜託明春幫她戒毒，明春自然樂意。

本來應該如此。

在轉公車時，幾個警察圍了上來。眼前的女孩望著天空，神情裡滿是綺麗的光彩，彷彿面向一個絢爛的宇宙。

他們說，只要妳承認，承認就不會有什麼懲罰。

小杏的耳朵裡嗡嗡作響，手心被冰涼的汗水浸濕，她事實上都不記得自己說了些什麼。後來才想起他們是男友曾經耳提面命過的「少年隊」，但已經沒有關係了。

獨自在家的媽媽接到消息後趕到。小杏感覺有人氣勢洶洶地朝她奔來，垂下頭、閉上眼。她等著如雨點般落下的耳光，不如說若是這時候來的是一連串巴掌，她還會好受一些。

但落在小杏身上的，是緊緊環住的雙臂。小杏吃驚地睜開眼，很久沒有近距離聞媽媽的髮香。最近洗髮精換成萱草花香味了。這個擁抱緊得幾乎要用肩膀勒住小杏的咽喉，可能是因為真的抱得太緊的關係，小杏也被嗆咳到流出酸酸熱熱的淚水。她一直聽到媽媽說「對不起」，自己卻一句話都說不出來。她只是放聲大哭。

整間警局裡還有其他男孩女孩，與形形色色的家長；家長和孩子兩個都在哭的，倒只有她們這一對母女。事後想起，不禁覺得有趣。

送到少年之家，安置了八個月後，小杏被保到附近的家商夜校，讀觀光科系。本來小杏就沒有和那些女孩一樣染燙頭髮，因此乍一看還是個低調的女孩，臉頰有些消瘦而已。

前幾個禮拜簡直是夢魘。那些女孩都沒有和她同房，可能甚至是不同的少年之家，因為小杏完全沒在裡面見過她們。但讓小杏難受的，不只是吸血鬼女孩們可能的怨恨。

一群火熱的螞蟻從胸口鑽到腦子，她每天為爸媽掉淚，又為自己痛哭，全身縮得小小的。有時候只是呆呆地看著天花板，也彷彿眼睛後一條緊繃的線突然斷裂似的，淚水布滿臉龐。她想到媽媽會不停喝酒，又想起男友曾給她的「水煙」，想起曾經一家三人在沙發上嬉笑，又想起在那個小包廂內、她的大腿被男人粗糙的手摸過，隔著薄薄的內褲磨擦質感極差的座位。

同個房間裡的女孩們都是一樣的，有的更嚴重，全身變得滾燙，汗水跟淚水、鼻水一起流得滿臉滿身，手上一條條紅痕簡直把針孔都抓得立起來。平時她們每個人都很好，也會說笑，會打鬧，彼此分享戀愛史。有的已經是「媽媽」了，手臂比小杏還纖細，臉龐消瘦但稚嫩的「媽媽」。

但總是平時大家都各忙各的時候，或夜深人靜之時，一、兩個女孩開始哭泣。無論是為了悲傷、還是為了毒癮——就像傳染病一樣，即使是正常時候的小杏，聽著她們悽慘的聲音，也不禁眼眶發酸。

她下定決心要戒毒。

然而，兩年多之後，她滿十八歲了一陣子——執行期也到了。

＊　＊　＊　＊　＊　＊　＊　＊　＊　＊

和明春姊重逢，是小杏始料未及的事情。她不禁感嘆世界真小，但又悲哀的發現，小的只有自己的世界。

獄中不能化妝、保養，小杏一開始沒認出素顏的明春姊，反而許明春一看見杜小杏，便興奮地前來招呼。監獄實在不是一個很好的敘舊場所，小杏只是尷尬地笑了一笑。

她們睡在大通鋪，牆壁都被軟墊貼起，還有其他人——全身發冷和血痕的、不停流淚又高血壓的、意外沉靜的……和在少年之家看到的景象很相似，唯一不同的是這些女人有的白髮蒼蒼、皺紋布滿臉龐，全身皮肉都像是由塌陷的水泥堆起的。

明春姊問起她怎麼進來的。她邊問邊小小聲地咳嗽，有時候是咳了很長一串，似乎是重感冒。

小杏淡淡地說，不小心被抓到的。

其實沒有被抓到。

兩年前，她回到校園，結交了幾個朋友，和她一樣是夜校生。多重邀約下，和朋友的朋友一起夜唱、夜遊，不知道為什麼又轉回國中時看到的那些女孩們身邊。

她們似乎不知道是小杏供的，聽說被抓的時候每個人才剛打進藥物，是恍恍惚惚間被抓到的。她們也許久沒有小杏的消息，似乎是真的為小杏沒有出事感到慶幸。

小杏本來要直接離開的，但她們的眼神如此真摯。一捲白色條子擺在桌上，她們似乎有穩定的來源，剛出來便迫不及待地試上幾口，回到許久不見的舒爽狀態。

其中一根放到了小杏面前。她往四週看了看，平常上課的同學們神態自若地各拿起一根。她們知道這不是菸嗎？該不會她們也被騙，以為這是水煙？但其中幾個人有抽菸的習慣，還是毫不猶疑地使用了。

那天晚上之後，她第二次下定決心，之後一定要戒毒。同樣的決心又出現了第三次、第四次。幾個月後，小杏選擇完全搬出家裡，因為媽媽和她總是歇斯底里的對話，結論必定是媽媽傷心的哭泣，也使小杏厭煩。

她直接和女孩們買藥，同時也和自己設下一道界線：這次只能站櫃檯，不能再做更多了。

不用分擔兩人份的藥錢，所以小杏可不想再多分一筆錢買避孕藥。

店裡開始也有比她年輕的幾個妹妹，不過她們更傾向陪酒，認為賺得更多。小杏不禁想，也許在她們的笑容背後，也有個難以放下的男性。

店內還常常見到一個瘦弱的大叔，是每週至少來兩、三次的常客，總是默默地跟著一群叔叔伯伯來，但獨自坐在吧台。有時冷清一點，甚至吧台上只剩端著笑容的小杏和大叔。那群人叫大叔「娘」或「阿娘」，小杏原本以為是因為大叔常常為了婉拒坐到他們身邊，而為他們買單一、兩瓶酒，店裡其他姊妹則私下猜測那大叔是同性戀。一陣子之後，小杏才從大叔口中得知，原來是因為他姓「梁」，那群人又常口齒不清，才有了這段誤會。可能一直坐著也無聊，他偶爾會和小杏攀談幾句。

「妳幾歲？」

「二十幾了。」說自己十幾歲的話容易被瞧不起，甚至被欺負。小杏曾親眼看見有客人一聽到陪酒的妹妹之一才十幾歲，加上酒熱衝腦，還把她拖到其他包廂內。那晚，妹妹不停地哭，身上的衣服幾乎被撕爛。大姐知道了，把她罵一頓，一開始就警告過不能讓客人知道真實資料了。

大叔聽小杏回答，似乎有些懷疑，又問：「啊，是大學生嗎？」

「嗯，對……」

「那讀什麼？」

「觀光方面的科系。」其他客人都在另一端和房間裡大吼大叫。小杏隨口說了自己心裡想去的系所。

「那怎麼會來這裡？」

「呃……」總不能說是為了買毒品，「家境不太好，只剩媽媽自己工作……所以多少幫忙分擔一點。」

「啊。」他似乎意識到自己問了很多不該問的事情，舉起酒杯又默默地喝了幾口。兩人再度安靜下來。

隔一段時間後，換小杏鼓起勇氣，主動和他說話。

「哥哥你怎麼不跟他們一起坐呢？」

「我不太喜歡那樣。」

「那怎麼還來這裡……」話到一半，小杏自己先紅了臉。雖然知道自己已經沒什麼價值了，但親口說出來，還是多少有點心虛、愧疚。

意外的是，大叔沉默了幾秒，才緩緩開口。

「我老婆和女兒，在車禍中死了。」

小杏吃驚地看著他。

「所以說，」他悵然地笑了一下，「我不是來玩的，只是總看著那些人好像沒有腦子也可以過得很快樂，也想來放鬆一下。」

「嗯……」小杏不知道該說什麼話安慰他。這人似乎也沒想要從眼前的女孩口中得到什麼撫慰，所以只是再笑了笑，繼續說：「別看他們現在一群豬哥的樣子，其實平常都是什麼經理、主管的。小職員不會來這裡嘛，畢竟你們這邊也不便宜。」

「嗯，是。」他前後矛盾的話讓小杏也覺得好笑。

「妳也是，如果有正經的課業，就不要一直待在這渾水裡。大學生可以打工的選項還很多，雖然不知道妳家裡多缺錢，可沒必要賠上這麼多。」客人反倒開始訓起話來。小杏看他的耳朵都熱得紅了，知道他屬於一微醉就開始碎碎念的類型。

「我的爸爸也過世了。」她突然說。不知道自己為什麼要開口說起這個，店裡的姊妹就不提了，連學校的朋友，也沒有人知道這件事。小杏下意識地把它藏得很深。

「雖然媽媽沒有和我詳細說明，但是她也很想爸爸，頭一陣子每天都會喝酒，酒醉了就哭，直接在客廳睡著，有時候會摔酒瓶……」

小杏一開口說，反而停不下來。她的嘴被唾液黏得難以開合，但就是想繼續說下去。當然毒品的事情還是略過了。

大叔也只是靜靜地聽。事後回想，其實小杏那段自白裡處處可見矛盾和盲點，可是大叔一直沒提。他聽完之後，手指勾了勾，小杏彎腰向他傾去。

他的大手輕輕地拍在小杏的頭上。

「妳真的很努力了。」他說。

那天凌晨，小杏回到住處，哭了許久。

又有一天，大叔在吧檯只剩他們兩人時，壓低聲音問：「小春是真名嗎？」

「不是。」是小杏在店裡用的名字。

「那妳願意告訴我妳的真名嗎？」

小杏猶豫了許久。前陣子才有離職的姊姊因為讓客人知道了真名，甚至被徵信社查出身分，鬧到店裡人人皆知。很多姐姐都告誡她們千萬別暈船。

「明春。」小杏說。她不敢看著眼前的男人。

「明春，妳以後別在這兒工作了。」

「啊……？可是，我家裡……」

「我會幫忙妳。」

小杏瞠目結舌地看著他，男人一臉認真地說：「我會幫妳找到好工作，妳需要考什麼證照，我都可以幫妳買參考書、去補習班。我可以幫妳出很多費用，妳可以專心讀書，不要再來這裡了。」

「這種事情……」

「我知道妳其實才不到二十。」他把聲音壓得更低，比起耳語，更像是夢囈。「妳跟我女兒很像，也跟我妻子很像。我不能放著妳不管。」

她又吃了一驚。那晚的工作在心神不寧中結束，她沒對店裡的任何人說起，獨自卸了妝、換了衣服，正走出店，才剛到巷口，看見梁先生靠在巷口的牆邊，一見到她，便迎了上來。

「這是我的名片，」他掏出一張紙片，說：「我以後不會再來這裡了。我能看出來妳是個好女孩，請妳考慮完之後告訴我結果。」

小杏緊緊抓住名片，看見上面是某個房仲企業的經理。這間公司連她都曾耳聞，就在這市區附近，不禁心驚膽戰。

一個晚上的輾轉反側，隔天傍晚，她打電話給梁經理。兩人在一間寧靜的咖啡廳裡碰面，附近座位都是和朋友約去讀書的高中生。

這次換她壓低聲音，低得像夢囈一樣，和他說了實話，包括自己的真實姓名，以及對獨自一人的媽媽多麼不孝。

咖啡裡的冰塊隨時間稍稍降低了點。

講到安非他命的時候，男人微微睜大了眼，卻也沒說什麼。

若是店裡的姊妹們，肯定笑她蠢吧——她們也有朋友是被包養的，若換作姊妹們得到這種機會，怎麼可能輕易地放走？但小杏真的不敢接受，尤其她一想到在男人眼中，自己身上有另外兩個生命裡重要的女性的影子，更不敢用這種卑鄙的姿態得到任何資源。

男人聽完之後，過了很久，只問了一句：「現在還繼續嗎？」

小杏猶豫了一下子，但這一瞬間的遲疑已經是答案了。

「妳想一直過這種生活嗎？」

「不想。」小杏馬上回答。

「妳想要我幫妳改變嗎？」

他的眼神很慈愛。小杏想起前男友，如果小杏拿錢給他買毒品，或是他吸了大麻，也會用這種眼神看著她，只是更渙散一些。

她辭掉工作，大姐詭異地什麼也沒說。雖然大姐對她們還算照顧，都會體恤她們各有不同的境遇，但真的有人離開的時候，她通常反而又會冷嘲熱諷幾句。小杏感覺有異，卻也只能走了。

她自詡在歡場上也算那些妹妹們「前輩」等級的人物，看過各種披著好老公、好父親外皮的爛男人，開口閉口就是要那些女孩給他們自家妻子做不到的刺激。梁叔談吐、風度都不同於他們，這次真的有股聲音在心底悄悄的說，這男人肯定和其他人都不一樣。

小杏跟著回到男人的住處。

那晚烏雲密布，看不出來是不是新月，但夜空裡沒有一絲光亮，直到快清晨，下起了雨。

＊　＊　＊　＊　＊　＊　＊　＊　＊

明春姊知道小杏懷孕，驚愕地張大嘴。這份驚愕又被一串咳嗽聲打斷。

「那……他們知道嗎？」明春悄聲說。小杏知道她說的是獄中的主管們。

「都知道，我有事先說，而且也驗給他們看了。」小杏苦笑著回答。

「不過妳也真是辛苦，連續遇到兩個渣男。」咳嗽。

「嗯啊。」小杏垂下頭。

當她知道自己懷孕的時候，一瞬間惶恐起來，卻也有些開心。她帶著有些神祕又欣喜若狂的神情，告訴阿梁這個消息，男人的臉卻突然和玻璃一樣，又冷又透明。

她從玻璃的反映，看見自己像個舊玩偶似的，四處脫線，早已沒了小孩剛帶回家玩賞時的光鮮亮麗。

小杏只思考了一個晚上。隔天清晨，她把這陣子存的錢拿了一些，放在客廳桌上，不聲不響地抓起數量不多的行李，默默回家了。

這次沒有少年隊攔下她。母親依舊在熟悉的客廳裡，沉沉地睡著了。小杏始終沒有丟掉家門鑰匙，即便她認為自己卑鄙得可以，但眼下這裡是唯一的去處。已經是早上六點多，她把買回來的早餐放到桌上，媽媽驚地抽動一下，一睜開眼，不可置信地看著女兒。

依然沒有巴掌，但也沒有驚天動地的哭泣。小杏和媽媽說起這陣子發生的事情，安非他命，酒店，阿粱，懷孕……

媽媽也只是靜靜的聽，一滴淚也沒掉。

她說完之後，垂著頭，咬緊唇，一手摸著肚子，另一手準備隨時架住旁邊搧來的耳光，卻又知道自己沒資格擋。她想到小時候，做錯事總是爸爸打罵，媽媽則是會拿蘋果糖安慰她。

爸爸過世之後，媽媽也沒有責備過她什麼，不如說大多數時候都沒有理會她，彷彿整個空間裡只有媽媽自己一人。小杏有時會看見客廳桌上放著幾顆蘋果糖，知道那應該是媽媽酒醒時想傳達給她的歉意，但其實她從吸毒之後，不知為何，極度厭惡蘋果糖的味道。

小杏多希望可以回到自己還愛著蘋果糖，還愛著媽媽的時候。現在的她，連「愛」誰都沒資格說了，說也沒人信的。

過了許久，久到小杏能胡亂回想起這些有的沒的事情。一雙手輕輕地抱住她。

「歡迎回家。」媽媽說。

當然，這次回家是有條件的。

媽媽隔天陪著她去附近的警局，自首了一切。媽媽認為，監獄雖然苦，但絕對碰不到毒品，不管是對小杏、或者小杏肚子裡的孩子，都會更好。整個晚上，她們查詢了監獄的狀況，就連餐點也是營養師調配好的。

小杏沒有馬上答應這個條件。但轉念一想，這樣就能換到回家的平凡生活以及寶寶的健康，又何嘗不是划算的「交易」呢？

進監獄後一陣子，小杏被分到和明春同一寢。一個叫劉允凌的女孩，睡第一床，從她一進去便開始找碴。有天偷偷把小杏叫到面前。

「聽說妳懷孕了，嗯？」她兇狠地笑著說，「那妳桌上擺的是什麼垃圾餅乾？妳能吃嗎？」

「不能。」小杏順從地說。在店裡也會有這樣的姊姊，自己不是多好的貨色，卻總是喜歡仗勢凌人。

「不能的話，我幫妳吃了。」她君王似地揮揮手，要小杏把食物呈上。這樣的事情重複了不少次。

明春也怕惹上劉允凌，她之前在工廠打聽到劉允凌和她們的主管宋曉泉、班長李迎堇分外地熟。一有機會私下相處，她趕緊和小杏說起此事，急得連咳嗽都加劇了。就算小杏是孕婦，只怕這個劉允凌也是不擔心惹禍的。雖然嘴上謝謝明春的提醒，但她對這個消息不置可否。

一天，工廠休息時間，小杏正要裝水，主管突然叫住她。

「這個對妳身體好，拿回去吃。」她遞來一個保溫盒。

小杏趁寢室裡只剩她和明春的時候，把保溫盒打開來，竟是一大碗豬肝湯。明春看得嘴饞，小杏也分了一半給她吃。她總覺得最近明春的咳嗽愈發嚴重，聽她說只是小感冒，卻也感冒太久了，至少咳上一個月多。至少是好不容易遇上的熟人，雖然不曉得豬肝湯對咳嗽管不管用，但總得試試看。

而後不管是勞動、工作，宋主管都會把小杏排在較輕鬆的工作崗位上，例如要她寫寫日誌，或者讓她去幫忙李迎堇送信。班長李迎堇的工作之一，是幫忙審查獄友寄出的信件，若內容不當，會退回給獄友。小杏每週寫一、兩封信給媽媽，因為家離得遠，媽媽偶爾才來探監。她因此常常和李迎堇碰面。

又過了兩個月，同寢的一名獄友離開，進了一位阿姨。是個看起來很嚴厲的人，眉眼像棍子一樣，斜斜地橫著。小杏想起國中時的數學老師，也長這樣，規定少標準分數五分就得挨一下藤條。她自此數學都不太好。

聽明春說，這位阿姨犯下的是詐欺罪，在外面騙了幾百萬、幾千萬的錢。她不知道明春哪裡來的消息，不過劉允凌似乎比起討厭杜小杏，更討厭新來的洪英莉。

小杏當然不會叫她阿姨，而是稱呼「大姐」。她在店裡也是這麼稱呼阿姨輩的人。

洪英莉也不是省油的燈，頭幾個禮拜，幾乎每週送上三份告狀紙，每份內容都十分豐富。她幾乎不和小杏、明春說話，精明而冷漠。除了數學老師，小杏很少看見這樣的人，一開始也不禁有些討厭。

她和明春說：「那位大姐感覺好厲害。」

明春聳了聳肩。「這種人我見過。她眼裡的我們就和餅乾渣一樣。不過嘛，性子很直，倒是很有價值的。」

小杏還摸不透明春說的價值是指什麼。她想問，但寢室門一開，劉允凌大步地走進寢室，她們也止住談話。

但她也沒有機會再問起明春這件事了。幾週後，明春跑來和小杏悄聲說：「我要換寢室了。」

「啊！怎麼了？這麼突然。」小杏吃驚道。明春還在不住地咳嗽，聽說前幾天還在工廠裡流了鼻血。

「前幾天健康檢查，然後……」明春欲言又止。

她得了愛滋。

果。

這幾個月以來，症狀愈來愈激烈，宋曉泉主管主動幫明春排了額外的檢查，卻是這個結果。

小杏腦子裡嗡嗡作響。她也曾聽過一些吸毒的同學說起愛滋，也聽說過某些一起吸毒的人似乎得了一些病，但這些事情都遠遠的，就像神話傳說，在摸不著邊際的地方兀自發揮。

她看著明春的臉，熟悉，憔悴，和國中時見到的樣子還是很像。那時的明春又更光采亮麗一些，至少不會雙眼突出似地睜得大大的，嘴唇連連顫抖。

「怎麼辦，小杏，我不想死。」明春恐懼地笑著說。

小杏什麼話也說不出來。她能做的只是望著她，然後輕輕地抱住她。那個夜裡，明春的床鋪傳來一陣陣啜泣聲，奇異的是連劉允凌似乎都沒什麼抱怨。

* * * * * * * * * *

明春離開後，小杏少了唯一可以談心事的人，也孤單起來。她有時看著劉允凌、洪英莉等人，都有些羨慕，不管方式如何，她們都用自己的方式在強大、獨立著。

這種事情，她也做得到嗎？

課程的單子發了下來。在宋曉泉主管的提案下，她選了英文班。從前也是英文成績最好，遠遠高過其他科。她曾經想著要成為旅行社導遊，帶人到各式各樣的國家旅行，最近常常摸著自己逐漸隆起的肚子。也許只能跑國內線，當外國人的導遊了，畢竟小孩都交給媽媽一個人實在不好。

她想起媽媽當年喝完酒，獨自躺在沙發上睡著的模樣，遲來地有點心酸和後悔。

英文班教的內容都很簡單，只是一般會話，小杏有時忍不住低下頭，打個無聲的大呵欠。

又一次睡眼惺忪的偷偷呵欠，旁邊的姐姐戳了她一下，小聲地笑著說：「這個太簡單了吧？」

小杏笑著點頭。她看見這人的眼角也有些淚液，顯然也剛打完呵欠，不禁覺得有些好笑。兩人都幾歲了，玩這種中學生似的課堂遊戲。

這是她和趙常蘭的初次對話。

常蘭姐和其他獄友很不同，除了笑口常開，也對自己的事情毫不避諱。才第一次見面，她就坦然地和小杏說自己犯的是銀行法，外頭還有些工作人脈，連家裡還有個女兒都說了。

小杏心裡吃驚，嘴上仍泰然自若地說：「姐姐的女兒一定也長得很漂亮。」

「當然囉！她超像我的。」常蘭自豪地說。

看著為自己的女兒話題滔滔不絕的母親，忽然間，明春對她說的話一閃而過，還有阿梁遞名片時真摯的眼神，店裡的姐妹們曾經都笑她呆板，爸媽很久以前嚴厲告誡她「連蜜蜂都知道要採粉才有蜜吃」……

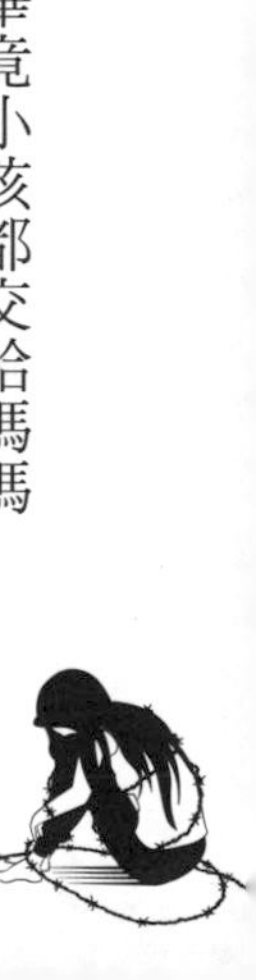

她心裡突然接上了線。

後來，知道常蘭被宋曉泉主管換到自己的寢室，小杏為自己的幸運感到不可置信。兩人在英文班的功課都非常好，劉允凌也離開了，偶爾媽媽帶來水果或燒肉，她一定分給常蘭。有一次，探監的禮物是一大袋蘋果糖，她幾乎全送給了常蘭。

常蘭也很關心她的身體。現在肚子已經隆起到遠遠看都曉得這裡站了位孕婦的程度。

「我懷我女兒的時候也超緊張的，」常蘭說，「但妳之後為她把屎把尿，看她長大，就會發現——孩子真的是生命裡唯一的陽光。」

類似的話，小杏聽了許多次。她覺得趙常蘭很適合演講，因為很久以前讀日間部的時候，學校不時會請些成功人士演講，常蘭和他們的口吻非常像。

一天晚上，燈關起來了，常蘭讓寢室裡的人圍成一圈，說說自己以後想做的事。常蘭先說了自己想出書、到處演講。這是個機會！小杏馬上接：「我要繼續讀英文，一邊養孩子，一邊考大學，完成我的學業。」

本來想繼續接工作的部分，但怕太矯情，所以先打住。她連著幾次偷瞄常蘭的反應，但果然要分辨見不見效，還是得等到出獄之後。

她想起明春說的話。不曉得明春如何了，是不是還活著，連工廠裡也沒再見到她了。小杏知道必須假設這個帶她進入毒品世界的女人已經死了，自己才能帶著她的份兒，一同努力的活下去。

* * * * * * * * *

「媽媽，我是怎麼出生的？」

小杏本來最怕被孩子問起這個。她害怕自己給不出「在監獄裡，一群人監控下出生的」之外的答案。這是幾年前，她心裡反對媽媽的條件的理由之一。但當時已經無法挑剔太多，她心裡一直編織不同答案、理由，卻知道若孩子長大後有心思搜尋，絕對能找到判決書。她身為母親的謊言或任何藉口，就像國王的新衣一樣。

那天早上，和其他日子的早晨並無不同，中午時她又痛得彎下腰。宋曉泉主管從旁邊經過，問了她要不要去醫院，她笑著說沒事。

常蘭和英莉似乎比平常早回到寢室。小杏這陣子都不必前往工廠，她被排了文書的工作，宋曉泉主管甚至把她打發在寢室裡做完就好。都只是平板的抄寫作業，她偶爾會往窗戶外面看，玻璃外隔了一層鐵欄，再遠也只有樹和天空。樹葉在輕輕晃蕩，想必外頭的風很涼爽。

她呆呆地看了好一陣子，才又低下頭繼續抄寫。隔著肚皮能感受小小的手腳正又打又踢，但最近都是如此，不太見怪。

常蘭帶來一碗熱湯，說是李迎堇班長要她特別帶來的。小杏深深認為人們說的「囚糧」其實很豐盛，尤其逢年過節，還會看見龍蝦、大魚等食材，她在外頭都不一定吃得到。李迎菫身為炊事班的人，常常用試作菜的名義，讓常蘭把一些蔬菜湯和肉湯在用餐時間之外偷偷帶給小杏。

那個時刻，她正一邊做事，一邊舀著微微涼掉的湯喝。一開始只是又一陣劇痛，她嘶了一聲，抱住肚子，看見常蘭往自己這兒看了過來，馬上又笑著搖搖頭。再怎麼脆弱也不能讓常蘭見到，免得以後如果能一起工作，或有成為常蘭下屬的機會，被認為抗壓性太低。

窗外的樹再次輕輕地晃起來。她覺得胎兒彷彿想和那些樹一起跳舞。

是洪英莉的聲音先響起的。她朝小杏奔來，地上已經流了一堆水。常蘭衝出寢室，英莉緊緊握住她的手，那棍子一樣的眉毛都豎了起來。小杏下意識想笑，卻只能痛得呼吸，眼淚和汗水都混在一起。除了戒斷的時候，她一生都沒這麼狼狽過。

真的會蹦出一個小孩嗎？她和阿粱的小孩？小杏胡思亂想，卻彷彿被一層紗隔著，只有半張臉的思緒在奔馳，另外半張臉只能在原地疼痛地呻吟，幾乎要哭出來。

「我好怕。」她的半張臉又想起明春當時恐懼的微笑，不禁顫抖，「我怕我就要死了。」

「跟它拼了，小杏！別怕！」英莉緊緊握住她的手，都有些發疼了。她就算到這個時刻還是一臉認真，小杏痛得笑了出來。「跟什麼拼啊？」

「想跟什麼拼就跟什麼拼，妳和孩子都是。」英莉回答，「不要怕，拼就對了！」

小杏想起之前曾經捉弄英莉。當時明春說，在英莉這種人眼裡，她們都只是渣屑，又聽英莉滿口的兒子，於是揶揄她「喜歡兒子還是喜歡女兒」。當時僅僅為了好玩，又故意用快哭出來的樣子問：「女兒笨了一點，就不喜歡了嗎？」

沒想到一直一臉數學老師模樣的英莉姐竟然有點慌張了，忙亂地找了說詞搪塞過去。小杏有時回想都會暗自笑起來。

她不知道為何在人命關天的時刻，連這種瑣碎的回憶都會浮現，捉弄地笑著說：「如果孩子是笨蛋呢？」

英莉理直氣壯地回：「笨蛋又怎樣！就算是笨蛋也要活下去，堅強的活下去，死了就什麼都沒了！」

小杏看著她，肚子還是很痛，眼睛卻睜得大大的。

孩子穩定後，先送到媽媽那兒，她那裡也準備好了，隨時能夠照顧嬰兒。宋曉泉又傳了信讓小杏在醫院待久一點，因此等她回到監獄時，比之前都強壯、健康。

如果未來孩子問起，「媽媽，我是怎麼出生的？」

她肯定會抬頭挺胸地回答，「你是在很多人的幫助下，堅強地來到這個世界上的。」

媽媽也會背著孩子來探望她。是個乖巧沉默的男孩，來到獄中不是熟睡，就是好奇地四處張望，不會哭鬧。小杏勸過媽媽，別這麼常來回跑，還要帶孩子，實在太累了。

媽媽笑著搖搖手。

「妳才是他的媽媽，讓他來見你，是天經地義的事。」

兒子的小手輕輕地拍到玻璃上。他的大眼睛很明亮，映著小杏的臉，像一片燦爛的星空。

＊　＊　＊　＊　＊　＊　＊　＊　＊　＊

媽媽打了電話來，催著他們回家，晚飯都要做好了。

小杏站起身，牽起兒子的手。他抬頭問：「這個禮拜六還可以去找英莉阿姨嗎？」

「可以啊。」小杏笑著點點頭。

「那太好了，」兒子自顧自地開心笑起來，「英莉阿姨的畫好漂亮，我很喜歡。」

「這樣啊，那要讓阿姨教你嗎？」

「可以嗎？」他的雙眼閃亮起來。小杏反而猶疑了一下，但還是說：「英莉阿姨人很好，媽媽幫妳問問看吧。」

小杏比英莉晚出獄，還在監獄的時候，英莉不時會帶些女兒做的料理來探望她。當時就說好了，以後要常常光顧她女兒和她一起開的簡餐店。

聽說如果是家境不好的學生，洪英莉甚至會半價或免費招待他們。小杏心裡不禁想，「底子」很好的人果然出手就是不同。

多虧媽媽盡心盡力地照料兒子，小杏考了幾張證照，又拿到英語金色證書。再多存一些錢，她就去讀大學，和自己約好了，一定要考上國立的觀光科系。

她也和英莉姐說了自己的打算，英莉姐沒事似地聳聳肩，但在小杏臨走之前，又讓她多帶了一杯咖啡回去，說是通宵讀書的好工具。

媽媽和小杏最近迷上網購，其實已經買了一台咖啡機，但小杏還是道謝著接過咖啡。

她牽著孩子的手回家。一小彎月亮掛在還有些明亮的天空裡，夜色漸漸地蓋上，是個涼爽的晴天。

小杏之後再也沒犯過毒癮。

趙常蘭的故事

「蘋果，媽咪需要去監獄。」

房間裡全黑，趙常蘭和女兒都不開小夜燈。蘋果在幼兒園也是幫忙照顧其他小朋友的角色，和常蘭一樣，從小就不是會在黑暗裡哭叫的類型。

躺在床上，時鐘顯示剛十點，他們夫妻都認為應該讓小孩早睡。常蘭彷彿可以看見女兒眼睛裡的一池光亮，隱隱地對她閃爍。

她開始和蘋果解釋「監獄」。做錯事的人會被處罰，被處罰的人就要待在「監獄」很久很久。從公司倒閉之後，常蘭很常和女兒相處，至於當初的合夥人好姊妹，跑了，逃了，在國外，接下來十幾年都還被通緝著。

從那之後，常蘭一直覺得自己的身體被割成前後兩部分，中間有一層透明的隔板。隔板前的面容還是笑著的，隔板後的身體則像一塊幾乎靜止的、遲緩的肉。

「媽咪也會去很久嗎？」

「很久喔，很久。」被判了七年。常蘭在心裡酸楚地補充。趕緊想起今早教會裡的朋友和她說的「感恩」——至少是七年，不是十七年。心底又有一個小小的聲音說，那為什麼不是七個月，或七天？

她自制地眨眨眼，不想了。對蘋果補了一句：「但，媽咪會一直在那邊。」

「媽咪那我也要去！」女兒突然用力撲進懷裡，六歲的小手臂環不住常蘭，只能緊緊地抓著。

「不行，這個地方小孩子不能去。」常蘭說。

「那媽咪也不要去。」蘋果很難得這樣耍賴。

蘋果的臉抵住的那一面睡衣，微微浸濕了。常蘭突然很想抱著女兒或媽媽大哭一場，她會私下偷偷哭個三、五分鐘，腦海裡的臺詞大多都是「好想回去」，要回去什麼地方，卻也講不明白。不過從沒大哭，何況對著女兒。不禁又令人感慨，女兒和自己真的很像，至少她還沒聽到哭聲，只有輕輕抽鼻子的聲音。

常蘭沉默片刻，問：「妳知道『死掉』是什麼嗎？」

蘋果點點頭，「我知道，就是當天使了。」

常蘭又說：「那讓妳選，媽咪死掉和媽咪去監獄，妳要選哪一個？」

她不知道當時怎麼會想丟給小孩子如此殘酷的選擇題。那個隔板此刻撐大了一點，彷彿能透過後腦勺，看著一對躺在床上的母女。

蘋果答得很快：「我兩個都不要。」

「不行，妳一定要選一個。」

她們僵持了五分鐘，蘋果的睡意全消了。後來，女兒終於說：「好，我選——我選媽咪去監獄。」

她說完就哭了，手臂抱得緊緊的，像永遠不會痠疼一樣。常蘭也抱住女兒，懷裡小小的身體越溫暖，她越想哭泣。嫩嫩的小腳丫碰著她的大腿，兩人的身體都哭熱了。七年之後又會走到哪裡呢？

失控的淚水只持續十幾分鐘。常蘭抹乾眼角，捧起女兒的臉龐，說：「我們不要哭了。從明天開始，媽咪幫妳請假，我們每天出去玩。」

身敗名裂以前，一直是幫傭幫忙整理蘋果的娃娃、玩偶，一個個整齊地擺在床邊，讓她能在夜半驚醒之時，隨手抓到一個毛茸茸的東西，抱進懷裡。娃娃是常蘭把錢拿給幫傭，讓她陪蘋果去百貨公司挑選的。如今幫傭也不在這裡了。面對幫傭阿姨的離去，蘋果沒有表現太多不捨，似乎有特別大方的胸懷。

她們兩人在一個月內，看了幾場電影、去了幾趟遊樂園和動物園。這段期間的照片，常蘭也全洗了出來，整整一大本都是她和女兒的合照。厚厚的相簿被放在那堆玩偶中間。

其中一張照片，她洗了兩張，一張隨身帶著。是兩人的臉頰貼臉頰，瞇起眼笑的模樣。一樣微棕色的眉毛，淺淺的酒窩，向後紮起的頭髮。蘋果喜歡塗常蘭工作擦的口紅，儼然像個開朗又幹練的小強人。

除此之外，常蘭也慢慢將女兒的物品裝箱，一一載去娘家。娘家還有媽媽和兩個妹妹，她們承諾了會好好照顧蘋果。大妹自己帶著兩個小孩，三個小臉蛋常湊在一起嬉鬧。未來七年，丈夫也得獨自完成「父親」的角色，他也沉默但鄭重地答應了。

蘋果看起來不太開心。因為爸爸在她面前總是冷淡又疲倦的模樣。

三個孩子都去睡了之後，常蘭對媽媽、妹妹們和丈夫聚在一起，再次真心地道謝了一番。

媽媽倒是說，「不必謝，家人之間沒什麼好謝的。妳現在的臉色好多了。」兩個妹妹也贊同。

常蘭知道，她們在暗指剛事發的那一陣子，臥房裡住著一個受傷、易怒的女人，每天包在棉被裡發出長長的哭嚎，一段時間又沒事似地、兩眼腫成泡泡糖色的模樣，在客廳走來走去，消失回房後又是一陣慘烈的號泣。

隔板深處鑽出一隻小東西，不服氣地說：「誰都會那樣，畢竟在那之前是獲得過很多保證的。」十幾年的情誼，再三笑出來的自信——還有那個缺牙的路邊攤老人，抖著手指擺放一根根筷子似的小木棍，鐵口直斷她們的合作絕對是個難得一見的好緣分、好結果……如今一切都拋散在茫茫海平面上，連合夥人的家屬都聲稱無法尋覓的地方。

種種前提之下，約略數個月的炸裂，是人之常情吧。小東西氣呼呼地說道。常蘭又眨眨眼。一定是客廳牆上的鐘擺金光閃閃，讓她不合時宜地想起那個老騙子一張口笑露出的金牙。

有段時間連去買飯都做不到，路人隨意一笑都令人內心發毛。她故意不去想那一段的，不禁有點窘迫。

常蘭又在一天，告訴蘋果：「外婆是很厲害的人。」蘋果似懂非懂地點頭。她大概還只能感受到外婆精湛的廚藝，但不太懂得其他厲害之處。

常蘭的父親只在她心裡留下兩種面貌，一是喝醉酒時兇惡的棗紅色臉龐，一是要錢時凹陷、慘白的雙頰。據說是染上賭博才這樣，但三姊妹沒有求證過，也沒必要求證了。

男人最終默默地離去，偶爾母親不在時會回來討飯錢，三姊妹倒是對陌生人很冷淡。她們也沒和母親提過男人曾到家裡的事情，不值得提。

母親一人兼了三份工，因為不識字，都是粗重的工作。在男人離去之前，她得一人養五口。三姊妹因此對於那個人的自主離開有些快慰。她們從沒機會問起母親如何作想，母親也沒有留下讓她們詢問的空暇。只在未來，三姊妹都有了孩子之後，某天閒閒地躺在軟沙發上轉著新聞頻道，突然說：「現在很多補助和福利，對年輕人很好——我當時從沒拿過政府一毛錢。」

常蘭回想，確實，當時她們從未吃過漂亮的水果，總是多少有點蛀痕、壓痕的當季瑕疵品。即便如此，三個小女孩還是沒有缺過水果。水果攤的老闆很熟悉她們，常蘭去買的時候總能夠買到十幾顆有點缺陷的水果。她有時也不禁疑惑，哪裡來那麼多壞水果常常放在攤販裡？

有一天，常蘭身為大姊，突然被學校告知，立刻到母親工作的餐廳一趟。原來母親一度昏迷，頭差點直接撞到地面。幸而只是瘀青和輕微腦震盪。

她不敢告訴妹妹們。母親醒來，面對常蘭的淚眼，只是輕輕捧起她的臉，說：「不要哭了，沒空亂想的。該做的就是一直動手工作，餵飽我們一家人，這樣就夠了。」

「可是，媽不是還說了，以後想要住豪宅嗎？」常蘭哭著說。

母親不禁大笑。原來只是隨口提的玩笑話。那時候常蘭正在讀高中，兩個妹妹都還是國中生。她聽話地不哭了，許下一個小小的願望，希望以後可以成為有錢人，讓母親過上完全不一樣的生活。

只是，三十歲跟人創業，再被當作棄子，進入監獄，這些並不在當時的願望藍圖裡。

常蘭不知道監獄裡面長什麼樣子。媽媽和妹妹們再三保證會好好照顧蘋果，丈夫也許下承諾。但她還是每天都確認那一本厚相簿放在女兒枕邊，隨手可以拿到的地方。每天抱著熟睡的女兒，躺在床上，聞著熟悉的髮香和棉被、衣服的香氣——就怕七年後，女兒忘記自己有個媽媽。

想到監獄，其實真正害怕的事情也就這一件而已。

丈夫洗完澡回到房間時，常蘭已經快睡著了，只聽見耳邊輕輕傳來一句：「我會等妳出來。」

* * * * * * * * * *

每個禮拜，女兒都會來一次。

不一定是誰帶來的，可能是媽媽，或妹妹們，或丈夫。蘋果每次到接見處，一定睜大眼睛，往四周猛瞧。

接下來很長一段日子，常蘭眼中的女兒總是有點反光、布滿不明顯的指紋，被一根根豎起的鐵杆分成一格格的。她心想，在蘋果眼中的自己肯定也是這樣，但就連蘋果都沒有哭泣，她如果為此感傷，還能算是大人嗎？

當年，蘋果第一天去幼兒園的時候，不同於其他一哭號就驚天動地的小孩子，她也是睜大了眼，好奇地打量整間學校、朝她笑著伸手的老師們。當蘋果一邊牽著老師的手走遠，一邊回頭說「再見，媽媽，再見」——笑得燦爛，步伐也邁得很瀟灑，乍看之下還覺得這女兒對媽媽一點留戀也沒有，令她好氣又好笑。小ㄚ頭真的一點感慨也不會有。

就像這次，明明和媽媽之間隔了一層，碰也碰不到，她卻在爸爸懷裡渾身扭動，一會兒指著媽媽咯咯笑：「媽媽的衣服好像醫院一樣，都是綠色的耶！西瓜班的衣服也是綠色的。」丈夫連忙打掉女兒的手指。不管是監獄制服、醫院制服還是西瓜班的衣服，都不應該好笑。常蘭心想，明明沒關係。

果不其然，旁邊根本沒人在意，只有其中一個主管突然轉過頭咳了幾聲，從側面可以看見她嘴角的笑意。

當初為了不讓蘋果繼續難過下去，也可能暗藏母親的好意，常蘭入獄前，一家人為她舉辦一場「生日惜別會」，切了一塊大蛋糕，歡唱兩小時，像在慶祝出獄一樣。蘋果的同學要轉學出國的時候，聽說園方也是這麼做的，似乎是這點給了家人靈感。

「知道了吧？蘋果，媽媽只是去其他地方上課了，會一直在那裡的。」那天晚上，蘋果累得沾枕就睡，常蘭也已經睡眼矇矓了。

「有什麼事情，過去一定可以找得到媽媽喔。」

她甚至連蘋果有沒有回應都沒能注意到，便已沉沉睡去。

惜別會結束，常蘭入獄，第一次知道何謂「監獄」。

就像肉舖裡一塊被攤開放置的五花，大小、重量、油花，被徹底的衡量、檢視一遍，任何傷口和疤痕也詳細記錄下來。

站著，蹲著，直著，彎著。

全身被打開一次，翻攪一次。

沒有一點理由或立場可以說「不」。當人在這裡的時候，聲音自然地被關上一大半，畢竟大多數還是被歸類為「自找的」。

常蘭麻木地再穿上衣服，已經是綠色的制服了。前面的女生，頭髮落了一大半，突出一片爬滿疹子的頭皮，令人發怵。後面的人也散發一股類似酸掉的水果派的味道。

她當下並無察覺，那天晚上，看著陌生的黑色天花板入睡前，腦袋裡的聲音才漸漸清晰起來——

「我一定要回家。」

六個字寫在一張小紙條上，藏進枕頭裡，每天一早醒來就牢牢記著，夜裡要睡之前再對自己說一遍。

至少常蘭每個禮拜還能再見家人一次。不過，他們每次也沒能見面多久，接見時間有限。蘋果每次的結尾，就是眨著一雙大眼睛，手裡嘴裡胡亂地指，鬧哄哄的離去，留下一小袋水果和鹽水雞。

一次接見，每個人可以收下兩公斤內的「接見餐」，雖然會被獄方切得亂七八糟檢查一遍，仍是非常珍貴的禮物。很少獄友選擇獨享「接見餐」，因為這是在生活狀態均質的情況下，難得能夠用以交際人情的籌碼。

當然了，一開始還是會認為是家人的愛心，默默享用；久了就知道還有其他妙處。不到半個月就可以看出來，接見餐越豐盛的人，通常人緣也越好；人際關係一好，事情一定有人幫忙做。

不管在哪個環境，必定有讓自己過得更愜意的方法呢。

根本沒親戚來探望的獄友，也大有人在。那樣的傢伙，看起來也不會特別感傷，只是在自己的位子靜靜地做事。

常蘭是幸運兒之一。家人們從不吝嗇帶來餐點，尤其母親，有次趁著蘋果精神不濟、趴在懷裡睡著的時候，悄聲和常蘭說：「我們都知道，妳只是誤信了朋友，自己摸不清楚風險。妳就是犯了一次傻而已。」

母親的眼睛是很柔和的巧克力牛奶色。常蘭很高興蘋果隔代遺傳到了這樣的眼睛。

她們離開之後，常蘭小小聲地掉了幾分鐘的淚。這時特別能感覺到軟弱。反而沒親友來探望的人，此刻更加堅強一點。

＊　＊　＊　＊　＊　＊　＊　＊　＊　＊

入獄前一陣子，常蘭負氣地加入當地教會。她一想到和那個人去算命，算命師那張斬釘截鐵的臉孔，一方面不免有些怨懟，另一方面也為自己的愚蠢感到無奈。一開始是為了麻痺這個感覺才進入教會的。

她對牧師說：「我是罪人，真的是，過沒多久就要進監獄了。」

牧師回：「我們也不是為了好人而講道的。」

過了一會兒，一名傳道士來找她，說：「聽說妳之後會有很長一段時間不再來了？」

「對，我要進監獄了。」常蘭又說。傳道士看她的眼神讓她很想哭，像孩子一樣大哭，又或者不是傳道士的關係，很長一段時間她只要獨處都想哭。照鏡子時也想哭。

傳道士冷靜到讓人覺得有些冷漠，說：「我們也見過許多這樣的人。沒什麼好擔心的，主一直都會在妳身邊，妳只要記得，到裡面就是要藏鋒。」

「藏鋒？」

「對，妳可能會遇到很多和妳很不一樣的人，糾紛都是從嘴巴出來的。所以妳就記得一句——『群處守口，獨處守心』。」

「群處守口，獨處守心。」常蘭複述一次，就像學生在背誦口訣一樣。

多年後，常蘭還是感謝她當時的負氣，即使信的神變了也不能改變入獄的事實，但遇見的人不一樣，心境轉的方向也稍微有些差異。她靠著當年傳道士的一句「群處守口，獨處守心」，平安無事地度過了監獄時光。

事實上，大多數時間都是獨處。只要四下無人，她就默念一句「我要回家」。「回家」一詞彷彿能帶來一種燦爛的能量，把她的心用一圈溫暖的篝火圍住，外面的世界再猖狂也無法漫延進去。

有的獄友光是和人吵架，就被關入「獨居房」。

外人會以為，在紛擾又不自由的監獄裡，還不如進去獨居房，自己一個人，不必理睬其他人的爭鬥，以為獨居房是監獄裡的個人套房。

他們不知道的是，普通的監獄生活，洗澡可以用六桶水，洗十二分鐘。

獨居房裡，就剩一桶水。

洗澡剩一桶水，沖馬桶也剩一桶水。

「上完廁所沒得沖呢？怎麼辦？」第一次聽到這種事情的常蘭，恐懼地笑著問進過獨居房的獄友。

「什麼怎麼辦——讓妳放著臭囉。」對方淡淡地回答。

原來世界上沒有「不知者無罪」這條規定。犯了「錯」就是得承擔，原來是如此真實的事情，真實到令人噁心。常蘭進到獄中沒多久就聽到這段關於獨居房的敘述，她於是下定決心在獄裡作個普通人。

過了幾天，午餐時間，她看見一名大媽拿著寶特瓶，在飲水機裝熱水。年紀比較大的人，可能不太具備化學生活知識吧？因此常蘭趕緊用普通且好心的笑容和大媽說：「大姐，塑膠遇熱會產生毒素，對身體不好的，不要用這個裝。」

那大媽用奇怪的眼神望了她一眼，彷彿這年輕女人是某種異星生物。半晌後才冷冷回應：「我連毒品都在吃了，這個哪有什麼？」

常蘭被她的眼神震得退後一步。大媽邊鎖上瓶蓋離去，邊背對著她揮揮手說道：「寶特瓶裝的熱水才夠味啦，妳們年輕人根本不懂咧。」

常蘭不敢再多講什麼。藏鋒，藏鋒。是自己做錯了，她在心裡說。

那天晚上，一閉眼，腦子裡就出現大媽的怪異眼神，揮之不去。明明塑膠瓶裝熱水有毒，為什麼還要執意這樣做？……不對，她一定也知道毒品有毒，還不是吸毒了……可是……

腦袋裡的辯論聲越來越模糊。完全入睡之前，她突然想通，不正常的是自己，試圖用自己的價值觀來理解她們的「趙常蘭」才是不正常的。

這麼一通之後，好睡了很多，接下來的日子也一樣。

常蘭也聽說過，不要在班長面前討論囚糧。她知道班長李迎堇負責炊事，知道班長和主管的關係肯定更密切，也知道李迎堇是因為販毒而來的，已經待了十幾年。但具體而言，究竟為什麼一定要避開李迎堇討論囚糧問題，常蘭很長一段時間還是不清楚。

直到有次把寫給女兒的信交給李迎堇。當時班長正在煩惱新的菜單構想。

「啊，是妳。」常蘭很常寫信和收信，迎堇認得她。「我正在煩惱下一期的菜單呢。妳有建議做什麼菜色嗎？」

「呃。」常蘭決定謹慎地保持沉默。

「如果可以讓大家少一點抱怨就好了。」迎堇微笑地說，邊把常蘭的信放進一堆信件中間，「我出去之後想當烘培師傅。在家的話，可以做飯，當小家廚。妳不覺得做飯給大家吃的感覺很棒嗎？」

「是呀。」常蘭又說，心裡詫異地想，真的從來沒有人說過囚糧吃起來真的只是「可下肚的食物」嗎？

她相信李迎堇肯定有些深不可測的魅力，或隱藏在暗潮中的大勢力，畢竟服刑數十年的人也不少，但被關的年數並不一定和受到的尊重成正比。更多的是自以為老鳥、對新人下馬威，其實人緣很差的老獄友。常蘭當然也無法理解她們的想法。被關得更久是件值得驕傲的事情嗎？人也有淪落到會以罪責的深重程度沾沾自喜的時候嗎？常蘭陪蘋果看的卡通，偶爾也會有類似的瘋狂人物出現，但她們給人的感覺又不是這樣。

尤其李迎堇，一直保持溫和的笑容。聽說她剛進監獄的時候不是這樣的，那時候連宋曉泉和秦芝照兩位主管都還沒任職。

「——所以，我想再做看看一道麵食。」李迎堇還在自顧自地說，「妳覺得呢？哪樣會讓大家覺得比較好吃？」

「呃，我覺得，」得趕快想一個就算失敗也不會太明顯的菜色才行，絞盡腦汁，「酸……酸辣湯餃！酸辣湯餃的話如何？」

「酸辣湯餃嗎？」李迎堇兩眼放光，複誦一次，「這提議不錯，也許一個月可以煮個一兩次，讓大家換換口味……」

「是呀，是呀。」常蘭笑容滿面地說。

過了一陣子，真的在晚餐時間出現酸辣湯餃。獄友們似乎都覺得很新奇，而且是難得和外面吃起來差不多味道的食物，一時之間皆興奮異常。

當然，她們還是守規矩，不吵鬧、不爭搶地吃晚餐。只是，當天的廚餘和剩下的飯菜少了非常多。

又一次，常蘭把寄送給女兒的信交給迎堇，迎堇高興地提起酸辣湯餃的事情。

「妳說的酸辣湯餃真好，很受歡迎，幫大忙了。」

「那是大姊妳們煮得厲害。」

這種口味的食物差異不大，跟「社會味」的食物相比，怎麼樣都不會差太遠。她心底小聲想著。

「妳真的是個很好的人。」李迎堇溫和地說，「聽說妳會需要待很久。如果有什麼需要幫忙的地方，盡量說，其實大家人都很好的。」

這樣啊。常蘭笑著點頭，再聊了幾句，退回自己的寢室。

也許是女子監獄的關係，一間工廠內會有一兩個小小孩，窩在服刑的母親身邊，不時也會哭鬧起來。這些女性們積極地幫忙照料，就像對自己小孩似的，直到小孩年齡到了、或找到代理監護而必須送出監獄為止，都會受到眾各年齡層獄友的憐愛。常蘭不敢斷言全是「母性」，可至少對小孩子，幾乎所有人都很積極，連主管們也不太會為了小孩而找碴。

陌生的溫柔只屬於小孩。

常蘭剛進監獄的時候，刷完牙，一轉身，旁邊傳來巨大的匡瑯聲。在一片只有沖漱的水聲間很響亮。她望過去，一只離自己非長遠的鋼杯落在地上，一大灘水慢慢伸展開來。

往鋼杯上方一瞄，一個刺青的姊姊冷冷說：「怎樣？不會擦乾嗎？擦一擦啊！」她身旁幾個也染了金髮的姊姊們全竊竊笑了起來。

她知道這個人。劉允淩，因為恐嚇罪進來的，聽說在外面的時候身邊圍繞著許多大哥，所以如果是道上的人，在獄裡也不願意和劉允淩作對。

常蘭快速環顧四周，看見其他人沒事似的繼續做自己的事情，立即靜靜地應了一聲，拿了抹布蹲到地上擦。

水滲過抹布，沾上她的手。她把抹布又對摺了一遍，繼續擦，看見水裡浮著幾絲白白的牙膏沫。

擦完，常蘭把抹布攤開，放到洗手台的另一邊。那姊姊又開口了：「抹布用完，不會洗嗎？」

常蘭沉默地再把抹布取下，搓洗乾淨。

「媽的，真不好玩。」那幾個姊姊嗤笑道。

不料頭兩個字異常刺耳響亮，秦芝照主管恰巧經過，劈哩啪啦地一頓嚴厲喝斥。兩分鐘後，四個大女人蹲在旁邊悶悶地刷牙，她們得把各一條牙膏全刷完才能起身離開。

迎菫後來私下告訴她——忍得好。

類似的事情還很多，這是常有的故事。但不總是有主管那麼剛好地經過。而有的女孩，血氣方剛，抬頭挺胸地回應：「那又不是我做的！」伴隨更多爭執吵鬧聲，又可能引來主管，給自己招來更多懲處。

越是資淺的獄友，越可能被引入這種懲罰陷阱。其實也不是不能理解，以社會的二分法

來說，她們是已經被判為「錯誤」的一群人了，如果連在這個人群中也被汙衊成「錯誤」的一方，誰會服氣啊。常蘭不時看到爭得臉紅脖子粗的女孩們，最後不管是非，主管一出來，都是輸的一方。

常蘭跟其中一個年輕女孩說：「對錯不太重要，下次別再攪和進去爭了，沒有好處的。」

那女孩剛被懲罰完，和常蘭同寢，就睡在她旁邊。但女孩只是冷冷哼一聲，沒多加理睬就走了。

也許她也不敢再說什麼話。常蘭知道，有些人髒話不離口，不是真的想罵人，只是口頭禪而已。

就像回到國高中一樣，年級裡總有些心高氣傲的大姊大，其實她們會的也只是那些無謂的叫囂、氣勢。真的出了社會，誰要聽誰的話還很難說。

不管如何，只要自己資深的時候不要欺負新人就好了。絕對不可以變成欺負新人的前輩！常蘭很久之後才和迎堇說出當年自己是這麼下定決心的。

迎堇能夠獲得大家的敬重和信任，也絕對不是因為她被關得久。

雖然往往在人群間走動，心卻在人群外觀察。最多獄友的罪名是毒品罪，她們嘴裡會抱怨著爸媽或男女友或曾經要好的同學，害得她們一個個走向不能回頭的路。其實都沒發現她們自己的嘴臉和口中說的那些人幾乎重疊。

常蘭很快找到一套說話之道。她無論是社經地位或學歷，都比周遭的人高，心底也覺得比她們狡猾一些。她輕鬆地猜到那些女孩或女人想聽些什麼話，總之可以各取所需。

「姊姊，我好痛苦。好累。如果當初男友不要讓我一起吃毒的話，我才不是今天這樣……」以淚洗面。

「我懂，妳好辛苦，真的辛苦了。」抱緊。

「姊姊，我出去之後一定會努力的。我不要再碰毒了。」

「妳可以的，妳這麼努力！」

接著就是一陣懺悔的痛哭。通常都是在較私密的地方，廁所之類，才會出現這樣的對話，可是久了也就夠了。

滑稽的是，在晨間打坐或禱告的時候，那些人也是一臉懺悔。她們每天每天地後悔還不夠嗎？不覺得有點太多了嗎？不過，主管就在旁邊看著，或許這樣的表現也是理所當然的。只要拿捏得當，也許甚至能少蹲在這兒幾年。至於連減少獄中時光都懶得做、四處惹事的人，大家也會很有默契地避開，除了迎堇。她的善意對誰都來者不拒。大多數的獄友會選擇優先保護自己的安全。

多年後，經常有人問起，獄裡是不是比外面還要恐怖，有沒有遇過霸凌？常蘭往往笑著回：「沒有。獄裡沒什麼特別的。除了不自由這點之外，跟這邊差不多，發生的也都是些每個地方都會有的事情。」

這種時候，好友又不信了，狐疑地問：「妳該不會被下了封口令吧？就像電視上演的那樣？」

被封口才出不了書啦！常蘭好氣又好笑，但也沒辦法特別辯駁什麼。有的人就是一輩子都無法了解寶特瓶裝熱水的塑膠味哪裡好，有的人則大半生都和比它更強烈可怕的東西若無其事地共處。這兩種人很難互相理解。少數人可以在其中一端，同理另一端的想法，試著為兩邊溝通。

確實有這麼一群人專門做這樣的事情。

獄中固定會有基督教、佛教等不同宗教的團體前來。每天早晨，播放佛經音樂，所有人必須要在地上打坐，持續一小時。和真正的出家人比起，當然不算是多麼嚴苛的修行或考驗，可她們有的人原本是大酒大肉、過著紅紅綠綠的日子，不少新進的獄友，這段時間都坐得渾身難耐。

再難耐，還是不能亂動。常蘭曾經偷偷睜眼，瞥見另一邊有個年輕女孩，可能腳麻了或酸了，伸長腿，像青蛙一樣抽動了幾下。她後來被秦芝照主管罰以再坐一小時。

佛教是靜態的「折磨」，基督教是動態的「考驗」。

牧師、傳道們前來講道，但是不能睡；一對一的懺悔和禱告，每個人都變得比往常還後悔一百倍，也有走另類路線的人，會對牧師苦苦哀求，說自己是多麼的冤枉，根本不應該進監獄云云。

常蘭尚未入獄時，就曾經接觸過基督教，但當時只是憑著一股賭氣。因此，她一開始真不知道該對眼前一臉親切的人說些什麼。可眼看周遭的人都這麼生動，自己也不能什麼都不做。

「我想回家，想抱抱我女兒。」她說的第一件事只有這個。

「妳可以回家。不管發生了什麼事情，妳都可以回家。不管發生什麼事情，妳都可以好好抱抱女兒。他們永遠不會變的。」

她的聲音很柔和，像溫水一樣平靜又好聽。常蘭鼻頭一酸，又不想和其他人一樣，做到需要抽一堆衛生紙的地步。

又有唱詩歌、讀聖經，和外面的教會很像。

詩歌倒是很受人歡迎。雖然內容多半是在稱頌耶穌、耶和華，但這是很少數她們能大聲唱歌的機會。即使旋律很平和、終究不像流行歌曲一樣快樂，歌詞內容也不盡讓她們都心服，但唱唱歌總是可以讓人心情好一些。

常蘭就是在那天晚上，黑暗中睜著眼睛回想那個女傳道說的話。也許和本來常常需要說服客戶的職業有關，她怎麼想都會繞回女傳道是如何說話的，最後索性也不強制自己往思想方面深究了。拆解一番後，她才成了之後有些妹妹想吐露心事的優質人選。

一直到兩個月後。

一樣的早晨，一樣的全體集合唱詩歌。

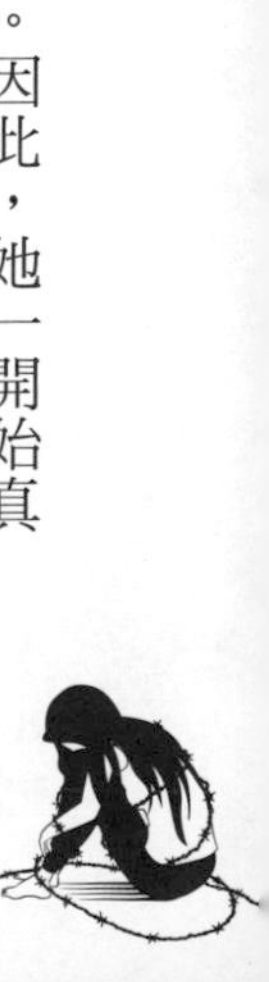

你說陰天代表你的心情，
雨天更是你對生命的反應；
你說每天生活一樣平靜，
對於未來沒有一點信心。

親愛朋友，你是否曾經——
曾經觀看滿天的星星，
期待有人能夠了解你心，
能夠愛你賜你力量更新？

耶穌能夠叫一切都更新；
耶穌能夠體會你的心情。
耶穌能夠改變你的曾經；
耶穌愛你，耶穌疼你。
耶穌能造一個全新的你。

聽說，這首詩歌名叫〈全新的你〉。但那個當下，常蘭一點也不在乎。她不知道自己為什麼開始簌簌地流下淚，彷彿能看見自己嚎啕大哭、滿臉鼻涕和眼淚的側臉。主管在看，其他獄友們也在看，但常蘭停不下來。

那天，又是一名新的傳道士。她問常蘭：「妳最近如何呢？」

常蘭說：「我還是一樣，想回家。」本來鼻子就還是又紅又塞的，突然眼前又盈滿熱水：「我想回家。我想回家了。」

「妳可以回家的。」

「我好糟糕。為什麼會變成這樣？為什麼我會把自己活成這樣？我……」常蘭低下頭，用手抵住自己。她多希望自己可以變成一個小小孩，有權力在眾人面前放聲大哭的小小孩。

「我想回家……」

傳道士握緊了她的手。

「妳一定可以回去的，不管妳想回到哪裡。」她說，「妳受傷了，孩子，妳辛苦了。我們都在這裡，妳隨時可以回來。」

常蘭抬頭，眼前濛成一片，燈光彷彿在傳道士身邊繞出一圈暈。

「嗯……我想回家了……」

原來有時候，就是這麼突然，突然得像在作戲。她抽了一大疊衛生紙。

從那之後，那些本來找她講心事的妹妹們，有幾個像是和她隔了層透明板，又是不失禮

貌的談話與微笑。倒是幾個比較資深的姊姊，不一定年紀比她大，但總之聽上去、看上去待在獄中的緣由和時間都複雜許多的人，會不時突然拍拍她，偶爾還會分到部分接見餐。

她們不一定全和常蘭熟悉，也和以往需要擁抱、罐頭式對話的相處不一樣，乍看之下甚至更冷漠了些。但常蘭心底是高興的。家人們帶來餐點時，常蘭也開始不動聲色地分給那些姊姊們多一些。

一天，工廠休息時間，常蘭走去裝水，恰好遇到宋曉泉主管。她正和秦芝照主管聊天。這兩個主管特別有趣，同樣是管理她們的人，神情卻往往大相逕庭，偏偏兩人似乎又很要好。

宋曉泉給人的第一印象，在於她的一字眉，平得和靜靜流淌的河水一樣。常蘭每次和她對上眼，她都會溫和地一笑。那樣的笑容令人覺得彷彿浸在午後的樹蔭裡。

為什麼這樣的人要來當監獄的主管？如果當老師的話，肯定很擅長理解那些心思細膩的青少女們。但宋曉泉的眼裡沒有對監獄的倦怠感。

和宋曉泉相反，秦芝照總是豎著眉，一張烈火燒柴的紅臉，瞪著人，說話也像丟炸彈一樣，到哪都對準了人扔去。沒有幾個獄友敢接近她，畢竟如果對上眼，被懲處的機率太高了。

常蘭一看見秦芝照也站在那裡，下意識地低頭迴避，叫住她的卻是宋曉泉。

「四五二二。」

「是，主管。」

服儀？舉止？亂麻似地快速掃過自己身上，沒找到能被處罰的地方。常蘭一眼也不敢瞥向秦芝照，只能直直地望著宋曉泉圓順的下巴。

「妳出獄之後想做什麼？」

這猝不及防的問題讓她驚詫的抬起眼。是另一種測試嗎？如果回答得夠好，可以更早離開這個地方嗎？面前兩個主管突然變得好近，自己身上每一處都被審視到灼燒起來。

可是不能回答得不自然。在這裡應該要表現出溫和又不失進取心的樣子。常蘭嚥了嚥口水，回答：「我要回家，多陪陪我的家人們，努力工作，讓他們過更好的生活，還有……」她深吸一口氣，「我要讓那些還沒做錯事的孩子知道，他們其實在很好的環境了，應該要懂得知福、惜福。」

一說完，看見秦芝照的臉，就後悔了。這樣說似乎太過頭了。

「妳要怎麼讓他們知道？」再開口問的，還是宋曉泉。

「寫作，出書，還有講座……之類的……」常蘭下意識地講出自己第一個想到的點子，話語未畢，心就慢慢地涼得青了。

沒想到，宋曉泉樂呵呵地笑起來：「哎，妳們這種說要寫書、演講的，最讓我們頭痛了。」語氣甚是愉快。常蘭還摸不著頭緒，秦芝照兇狠的眼神一瞪，揮揮手令她離開了。

她拿著剛裝滿水的瓶子，背對走了幾步，聽見後面的聲音說：「看吧，不是只有迎堇這樣的。她們裡面肯定還有其他這樣的人，只是不說，或我們不知道。」另一個則沒好氣地回：「知道了啦，這局算妳贏。」

等迎菫再次找她，請她多關照附近一個女孩，又是很長一段時間之後的事情了。

＊　＊　＊　＊　＊　＊　＊　＊　＊　＊

幾個夏，幾個秋，在獄中吃了五次安靜的過年火鍋。菜色和外頭的，乍看之下一樣，可味道絕對是有分別的。但接見餐也不可能送火鍋，也許是常蘭已經在心裡用家裡的鍋子煮了一頓絕世美味的火鍋了。

迎菫全面接手囚糧任務，經過典獄長換人，宋曉泉主管和秦芝照主管也還在。塑膠味大媽悄悄地消失了，有人說是病死了。

幾個妹妹進來了又出去，出去過沒多久又回來。永遠是那批人。常蘭有次忍不住問其中一個妹妹：「妳都已經要三十歲了，而且不是還有小孩嗎？還有妳爸媽呢？妳打算怎麼辦？」

那個妹妹空茫地望著她，彷彿從很深很深的霧裡向外望著。常蘭分不出她是還在毒癮中，還是真的沒打算，但兩者都一樣難以繼續交流。

她在短短的半年內，經歷了獄中最快樂的時光，與最難承受的時刻。

星期五，開始了「親子支持」課程。

第一堂課，老師和顏悅色的問：「妳們進來之前，是怎麼跟孩子們說的呢？」

一班人面面相覷。原來大多數都說是出國去了。這理由對外人或不熟的親戚都是很好的回答。大多數說的是歐美國家，來回一趟的機票錢太貴了，所以幾年、十幾年或幾十年內都幾乎不會再出現。

常蘭驚異於她們撒這種謊都不怕不自然。有幾個看起來說是出國深造都比說失蹤了還更讓人起疑。但當下自然什麼都不會說。她當年的「好姊妹」如今也是在國外深造中，畢竟都被通緝了，要回也回不來。

比起那種父母也不知道在那裡的人，可以和家人串通好的這些同學們，似乎又幸福了一些。

老師又接著問：「當孩子想妳而哭鬧的時候，妳會怎麼安撫他呢？妳會希望丈夫或父母怎麼做呢？」

一個姊姊舉手，說：「我先生會要小孩乖，說乖一點，媽媽就會回來了。聽說這樣做之後，真的會變得比較乖。」

「好，還有嗎？」

「我的公公婆婆……」另一個姊姊弱弱地舉起手，「他們都跟我的小孩說，媽媽不要妳了……」

幾個姊姊妹妹侷促不安地互望，這種話似乎會在不少家庭裡出現。

老師點了點頭，又說：「這項課程，主要就是為了讓妳們可以多一點和孩子們接觸的機會而設立的。剛才所說的兩種方式，其實都是不對的溝通方法。第一種方式，如果媽媽一直沒回來，孩子就會開始自責，是不是自己不夠乖？是不是自己哪裡不好，所以媽媽才一直不回來？第二種更是讓很多姊姊妹妹們回家之後，很難和小孩相處的原因。」

那兩位發言的媽媽喪氣地低頭。老師微微笑了起來。

「不過，這都是可以改變的。」

單子發放下來，人手一張。常蘭看見單子的開頭，吃了一驚，其他人也開始躁動。

「當然，這些都是你們的選擇，你們可以自己選要不要參與。因為算是課程的一部分，所以我們也和主管們溝通過了，沒有問題的喔。」

常蘭當天晚上，就寢時間之前，趕緊提筆寫信，只要趕在隔天凌晨之前交給迎堇就可以快一些寄出了！她的呼吸興奮到連筆都在抖。個人抽屜裡放著許多女兒寄給她的信件，從五年前的繪畫、兩年前的注音到現在可以有些歪七扭八的國字，她沒有丟失任何一封。

迎堇隔天睡眼惺忪地接過常蘭的信，疑惑地提醒她周末二日沒有郵差，她這才發現自己像個要遠足的小孩子一樣，又默默地走回寢室，無奈又愉快地準備刷牙。

她一整個禮拜都睡不著覺。這是第一次在獄中失眠。女兒和丈夫的回信很快地寄來了，家人們都很願意配合這樣的課程活動。

又是星期五，這一次教室裡多了許多稚嫩的小臉蛋，男孩女孩都有，好奇地張望四周。常蘭牽著蘋果的手，覺得和記憶中的小手比起來大了點，但還是牽得住，和常蘭的手比起來依然是小小的。

忘了是由誰開始，也可能是老師宣布而起的，有人抱起自己的孩子，而後和孩子都哭了起來。整間教室慢慢地被哭笑聲染開，常蘭也張開雙臂，抱住蘋果，感覺這顆蘋果比以前大了許多。

蘋果沒有哭，常蘭也沒有。她們只是緊緊地抱著。但常蘭之後發現蘋果連眼眶都沒濕。

「媽咪變瘦了。」蘋果笑著說。

「是因為妳長大了呀。」

常蘭緊緊抱著她。那是她五年來第一次抱女兒。五年間，還是常常見面，隔著一層玻璃板，她可以看見蘋果的頭髮從小辮子變成自己紮的長馬尾，從卡通圖案的小裙子變成英文字母的T恤。肩膀有點寬了，手臂的肉也稍微結實了些。臉有點瘦了，聽她說是和同學一起學怎麼剪的。

蘋果說，爸爸和每年的班導師都說過，所以老師不會多問什麼，而班上的同學們也處得很好。常蘭聽她和同學們玩的遊戲，從娃娃和積木變成籃球和躲避球，笑了出來，心裡有點難過，但更多的是奇妙。

「爸爸還買了新手機給我，」蘋果說，「等媽咪出來，我就可以加媽咪的LINE了。」

「好。」常蘭笑著答應，雖然不知道LINE是什麼。

一成不變的五年生活，外頭的世界，如果有什麼是沒有改變的，應該就是家人吧。

那一堂課結束得很快，兩個小時像幾分鐘一樣過去了。蘋果走出去之前，回頭向常蘭揮了揮手，接著和前來接送的先生在門外消失了身影。

她注意到身邊有個課程從頭到尾都很閒的妹妹，似乎很孤單地看著她和蘋果揮手道別的一幕，不禁有些尷尬，卻不知道該如何安慰。沒想到妹妹先注意到她的眼神了，轉過來對著她笑了笑，說：「妳女兒真可愛，和妳長得好像。」

「是呀。」常蘭有點害羞又自豪地說。

「像妳們這樣，可以和小孩子抱抱真好。我就沒辦法和我的孩子們這麼親了。」

「啊，是叛逆期嗎？」常蘭好奇地問。她心裡也很擔心未來蘋果的叛逆期會不會難以控制。

「不是，是他們的爸爸不一樣，見了面怕尷尬。」

「咦？」

「我有五個小孩啊，」她若無其事地解釋，「不過因為五個爸爸都不同人，所以他們之間也好不起來吧。」

啊。常蘭驚得忘了控制表情。看見她的臉色，妹妹自嘲似地笑起來，兀自走了。後來才知道這樣的人不少，只是還選擇來參加親子支持，大概只是為了湊課程的時數，找個看起來不太有事情做的課來上而已。

晚上，常蘭刷完牙，正巧遇見迎堇。這位親切又有點疲態的好姊姊一看見她，便笑著說：「妳今天和女兒見面了吧！還好嗎？看妳一整個禮拜都很期待呢。」

「嗯，好久沒抱抱她了，真的長大了。」常蘭有點感嘆地說。

又寒暄了幾句，迎堇忽然說：「妳之後要不要上個英文課看看？」

「英文課？」雖然知道獄中有，但常蘭沒想過要去上。畢竟這裡的課程基礎到不可置信的地步，雖然已經好幾年沒讀書了，可是英文一定也不會落得需要在這裡上課的程度。

「有個妹妹，和我們同個工廠，是劉允凌那一寢的，叫杜小杏……」

從鐵欄望出去，天空陰濛濛的。

那個女孩給人的第一印象，有點差。

很明顯的應和表情。大概也有一些英文基礎，可也只是三腳貓的程度。一臉小心翼翼的模樣，反而讓人覺得很不可靠。

這樣的人還大著肚子，準備抱一個孩子嗎？光看著就令人不安。

是因為這樣，迎堇才特別提到她嗎？甚至不時要常蘭幫忙端熱湯過去。孕婦獄友並不少見，但也不是常態。

聽說同寢的人還有一個叫洪英莉的，進來的年數很少，一天到晚和劉允凌槓上。在獄中不藏鋒真是非常不智的做法，那人也因此常常和秦芝照主管處得不好——似乎因為每週呈遞

一篇洋洋灑灑的告狀紙上去的關係，害得秦芝照主管又多了不少工作量。

她們寢的其他人似乎也不想介入劉洪二人。一段時間，秦主管實在被煩得夠火了，加上外頭似乎又查出劉允凌從前的其他事件，所以劉允凌又被調到其他地方去了。

而說到趙常蘭補進去的那天，她第一眼便和洪英莉對上。這樣的姊姊，和傳說中到處找碴的人不太一樣啊。常蘭想。這種眼神銳利的人，她並不討厭，因此多少會搭些話。

聽說她有個在讀大學的兒子，和一個擅長料理的女兒。常蘭吃過那孩子帶來的接見餐，是英莉分給她的，若說「頂尖」自是不及——這點洪英利應當清楚，從她說話總是字正腔圓、抬頭挺胸的模樣就知道，比起杜小杏、劉允凌，某一層面來說，洪英莉更像趙常蘭。

她倒是很少提到自己的丈夫。常蘭也是，幾乎不會和其他人講到先生，最多就是講到小孩多可愛。

有的年輕女孩，還會常常念著男友如何、老公如何，尤其剛進到獄中，常常會聽見她們說曾和男伴去過哪些景點，講到告白那天獻上美麗多彩的花束，一只燦爛的戒指（即便照片上一看就知道是偽鑽），晚上懶得走進浴室的時候男生又是多麼力大無窮、無怨無悔地把女生抱進浴缸裡洗澡。

待在獄中更久一些的女孩，即使年輕，也只會講到那個男人一封信也沒來過，好幾個禮拜甚至好幾個月沒來探監，或者接到信，上面講了分手的事情，也許順便還說了獄外的孩子會放在哪裡。這樣的女孩通常只會和一兩個知心的獄友說，晚上的啜泣聲幽幽地在寢室裡迴盪。

更年長的女人，通常不再提男人了。她們多半在講之後想再去哪裡在職進修，以後要考個證照，未來要帶媽媽和小孩去日本玩。也有連家人都不太提起的獄友。常蘭無法理解她們，但時間越長，越能看見人生百態。

常蘭有天拉著她們坐在一起，說說出去之後想做的事情。那女孩說：「我要繼續讀英文，考大學完成學業，一邊養孩子！」

原來連大學都沒有讀就進來了嗎？常蘭很想問孩子的爸爸在哪裡，但看見她一手輕輕放在肚子上，突然又覺得似乎也沒有這麼重要。

或許這是上天先帶來的心理建設。

過了一段時間，反覆的吃喝、運動、工廠、上課的日子，突然有了一點點波瀾。

可以預見的波瀾，其實入獄前就隱隱想過的波瀾。

那個周末，蘋果沒有一起來探監。媽媽也沒有，只有先生來了。

她聽著先生講話，像一個話劇角色一樣自顧自地一直講，講著生活的困乏與疲憊，上司總是挑他的報告刁難，這個月的支出又不夠了，小孩一天到晚只會出去和同學玩，他自己住在趙家總是看人臉色云云。

有這些鋪墊，雖然沒想到真的會發生，但常蘭多少有點準備了。

她壓低聲音說：「要離婚，可以，等我出去。」

「為什麼要等到那時候？」

眼前這男人突然陌生得好快。等不及成這樣了嗎？

常蘭冷靜到幾乎哀求地說：「如果現在離婚，法律會覺得我出去之後沒有地方安頓，所以我又會拖晚才能出去。」

「怎麼會沒有地方安頓？」他配合著壓低聲音，但一個字一個字像配著槌子一樣釘在兩人之間的玻璃板上。「妳的家人都還在啊！」

所以，你，已經不算是我的家人了嗎？常蘭沒問出口。

「如果我早點出去，就可以早點接手蘋果的生活。」常蘭說，「那時候你想做什麼都行。可是如果我晚出去了，我的家人們也沒辦法總是照料蘋果，那還得你一直來看顧。」

男人張開口，欲言又止。

幸虧他還是選擇把想說的話吞了回去。常蘭感覺自己承受不起下一根釘子了。

「好，我會等妳出來。」他最後這麼說完，便走了。

常蘭直到回寢，才漸漸發覺這句似曾相識的話有多麼可怕。上次聽到是六年前的事情了。

她回到床上，摀住自己。獄裡的床還是這麼地難躺。小杏等人沒有特別問什麼——以往有室友一聲不響地回到床上，常蘭也不會特意去過問，一方面尷尬，另一方面，女性的直覺告訴她肯定是碰上天下夫妻多會遇上的事情了。

那女孩也會這樣嗎？常蘭看著小杏忙著寫信的背影，孕婦總會如此，一日一日地逐漸腫脹起來。她的男友，或丈夫，是一年年地等待著她嗎？但常蘭也未曾聽小杏如其他年輕女孩一樣，提過自己的男友。

命運之前是不分年齡的。人哪，大概是打從出生起就需要堅強起來吧。

＊ ＊ ＊ ＊ ＊ ＊ ＊ ＊ ＊ ＊

最後一年，常蘭轉到了其他縣市的監獄，因為表現良好，加上當時無人起訴，是自首入獄，她又提前了數個月出獄。

她出獄的前幾個月，就開始託妹妹幫忙詢問熟人底下的工作，閒暇時間也會提筆，寫一點日記和散文。宋曉泉主管曾經看到那些手稿，湊過來讀了一會兒，說：「妳的文筆真不錯。」

「嗯，如果以後可以出版就好了。」常蘭笑道。

「嗯，嗯哼，」宋曉泉邊應和著，邊細細地讀了一頁，笑著說：「看來妳在這裡面過得挺幸福的？」

如果這句話是秦芝照主管講出來的，常蘭一定立刻背上全是冷汗。但眼前的人是幫自己推薦提早出獄的人，所以她笑著回：「人應該要一開始就知福、惜福，才能好好堅強起來生活。」

宋曉泉聽了，默默地拍了拍她的背。常蘭對誰都沒說丈夫那天來提的事情，也沒在文章裡寫出來，寫給家人的信件中更是隻字未提。但她總覺得宋曉泉心底什麼都知道。

她離開那一間監獄之前，迎堇也來找她。

「謝謝妳總是給我這麼多好的建議。」迎堇溫柔地說，「妳的分數很高，也一直都表現得很好，一定很快就可以出去了。」

「謝謝姊姊。」常蘭說。她知道迎堇還得再待幾年，一直都沒問過她詳細到底做了什麼，但那些事實上也一點都不重要。

另一個監獄的人，大約都知道她是來等法庭定案，大約是快要回到社會上的人。老鳥們對她視若無睹，主管們也不會找碴。常蘭有種感覺，一直在獄裡看見幾張熟悉的面孔，只是那些年輕女孩短短的時間內也老了、塌了、皮膚上長滿斑和坑疤。

獄裡不會有空的一天啊。

出獄那一天，蘋果、媽媽和妹妹都來了。她們跑去燒烤吃到飽，又跑去唱ＫＴＶ，盡是常蘭之前沒聽過的歌。原來現在的歌都是乒乒乓乓、唱唱跳跳的性質嗎？

妹妹送了她一台新手機。介面和從前完全不一樣，是觸控的，還沒有返回鍵，常蘭學了好久。蘋果教她怎麼加LINE的好友，又告訴她許多應用程式，這個可以拿來記帳、那個可以用來算塔羅牌……跟科幻電影一樣。

也許是快歌和慢歌一首首交替的關係，常蘭隨著泡泡般美好的包廂時間，說了丈夫提的事情。一講完，她馬上後悔了——至少該等蘋果不在的時候說的！——但家人們看起來一點也不訝異。

她們又把包廂加了一小時，歡樂唱到深夜，吃了一堆炸雞和薯條、喝完兩大罐可樂，接著回到換了液晶電視的家。

窗簾、沙發、地板的顏色都還是一樣的。不過，蘋果的課本堆在電視櫃上，牆壁也貼了幾張獎狀。蘋果打開一個科學的應用程式，慷慨激昂地發表了環保有多麼重要，並且送給常蘭網購回來的環保袋、環保杯和玻璃吸管。

她把這些東西拖回記憶中的房間，但房裡已經沒有娃娃了。因為妹妹早就搬出去住，丈夫也不在這個家裡，所以女兒獨自住進空房。現在房間裡很空，有幾本常蘭以前的書和收藏品，以及相較這棟房子的其他科技物品之下，和骨董沒兩樣的箱型電腦。

丈夫什麼時候搬走的也不重要了。蘋果看起來也不太在意的樣子。

隔天，常蘭帶著媽媽、妹妹，讓蘋果在車上等，辦完了離婚手續。前夫說，他還是會付撫養費，即使常蘭堅決不在協議書裡寫這些。

「沒有必要。」常蘭說，「你可以買東西給她，但不用給錢。」

妹妹幫忙詢問的工作也有下落了，是業務銷售性質的工作。常蘭越做越上手，也不會在同事間避諱自己的過去，像是說去遠足了快七年似的，簡單地帶過了。反而是那些新朋友聽了，又問得更多。

她也把那時候的文章和心路歷程集結成冊。女兒的網友裡，有人自費出版過同人誌，和常蘭約了下午茶談了許久，最後也選擇了成本剛好又能圓夢的出版方式與數量。

當然，要回到獄中演講，或到其他地方說心路歷程，都還要很長一段時間之後才做到。她也不曉得自己為什麼這麼想做——當初應答宋曉泉主管的話，只是臨時的靈感，結果卻真的慢慢實現了。

當時正逢暑假，蘋果有時和朋友去市區玩，有時則和常蘭窩在同個房間滑手機。也會突然跑到常蘭旁邊，指著手機上淨灘活動的頁面，興奮地說：「媽，我們一起去吧！」

「好，是週末嗎？」

「嗯！上面還有注意事項，要帶的東西之類的……咦，妳信基督教了嗎？」蘋果的目光移到新筆電的螢幕，正在播放〈全新的你〉。常蘭戴著耳機。

「沒有，只是隨時提醒我一些事情而已。那你說的這個是……咦，它說是八月的活動欸！」常蘭驚訝地說，「爸爸不是那個時候要帶妳去東京逛街嗎？」

「沒關係啦，我也不太想去。」蘋果笑著說。「比起逛街，我更想去淨灘。」

常蘭也笑了。

她跟蘋果解釋過，妳有個很愛妳的媽媽，也有個很愛妳的爸爸，只是他們兩個不再相愛了。

蘋果聽了，只是抱住媽媽。她的肩膀，又比在獄中上「親子支持」課程時更寬了一點。

手臂上也有肌肉了，頭髮剪得又短又帥氣。

有時候真懷念當初會忍不住在自己懷裡哭紅鼻子的小女孩。那個小女孩才不會想去大太陽下淨灘，寧願像個小毬果似地整天抱著媽媽，甩著後腦勺的小辮子。

但是——不管什麼時候，不管是常蘭、或是蘋果、或是媽媽和妹妹——

只要受傷了，辛苦了，想哭了，隨時都可以回來。

這樣的地方是不會變的。它是家。

李迎堇的故事

奶油香氣從烤箱裡熱呼呼地散出來。白燈照得孩子們的臉上都是汗滴，明明是冬天，卻把長袖都脫了，臉上紅潤潤的全是期待的光。

嗶嗶嗶嗶嗶——

計時器尖叫起來，他們繞上前，端出的烤盤上擺滿一顆顆小麵包，小羊、小鳥、蜜蜂、花朵，各種形狀都有，焦黃油亮的表皮令人嘴饞。大家到前台領了袋子，將自己做的麵包裝進去。

只有一個小女孩，默默地坐在角落，沒有上前拿袋子，只看了一眼烤盤，就獨自坐回位置。就連她最好的朋友也被麵包可口的樣子吸引了，沒有人看見她。

老師倒是發現了這孩子，於是將幫其他小朋友裝袋的任務交給丈夫，獨自走了過來。

「哈囉，」她溫和地說，「妳怎麼了嗎？」

「麵包老師。」小女孩抬頭，大大的水泡泡的眼睛。

「怎麼不去前面拿自己做的麵包呢？」

「我，我沒做好……」

小女孩本來是泫然欲泣，說到這兒突然滴下淚。

「麵包老師，大家的麵包都長得很好看，就只有我的麵包，長得醜醜的……我不敢帶回家，也不想要了。」

老師向烤盤望去，角落裡有一個歪歪扭扭的麵包，膨得看不出是捏什麼，孤零零地待在角落，四周的麵包都被拿走了。

「可是我記得妳沒有用模型呀，」老師說，「其他人的麵包，是跟著模型做才這樣的，妳沒有用模型還做得這麼可愛，已經很厲害了。」

小女孩整張小臉都紅了，不是因為安慰和稱讚，而是哭得布滿淚水。

「我，我想做出媽媽的臉……」她抽噎地說，「可是，可是用麵包老師的模型做的話，就不像了……」

老師恍然大悟，但這是臨時的社區課程活動，她和這些孩子們素昧平生，也不敢多問小女孩的媽媽怎麼了，就怕戳到傷心處。

眼看其他小孩都快裝好麵包，又有不少孩子被她的哭聲吸引了目光，四周逐漸響起竊竊私語。麵包老師靈機一動，說：「離爸爸媽媽們來接，還有一些時間，那我來講一個故事，大家想聽嗎？」

「想——」孩子們齊聲說。

麵包老師微微一笑。

那是從三十年前說起的故事……

＊　＊　＊　＊　＊　＊　＊　＊　＊　＊

她當時還是個十九歲的女孩。從縣市的第一志願高中畢業，雖然是畢業了，但並沒有大學生活在等待她。

考大學的前半年，一個常常在校園附近遇到的男人吻了她。

過了許久之後，連那個男人長什麼模樣，也漸漸忘記了，只記得那天的黃昏，巷子被染成金黃色，電線杆的影子移動得很慢。

他已經是有工作的社會人士了，不時會拿點錢給女孩，因為知道她獨自在外求學、住學校宿舍。每個同學都是讀書上才華洋溢的人，貧窮的她連參考書都買不起，也無法上補習班，總是卡在不上不下的位置，高三考試前的晚上，甚至讀得流出了鼻血。

即使如此，她還是無法拿到獎學金。其他的孩子不時能夠買些新文具、新髮飾，在遇見這個男人之前，女孩一直遠遠地觀望光鮮亮麗的同學們。

醜小鴨最後能夠變得美麗，是因為牠本來就是天鵝吧。

也許是她太常獨自在街頭徘徊，有時讀到半夜溜到外頭散步，總會遇到男人。兩人的緣是在隨意聊天中結下的，很常有的事情。

「如果妳肯陪我逛街的話，就連鋼筆都能幫妳買喔。」

鋼筆！女孩不知道那是什麼，也不曾見到，但能確定班上的同學們沒有人拿這樣的筆出來過。

「男生講這樣的話，一定是騙子吧。」

「才不是！是真的希望迎堇可以陪我。」

她抬頭，這人的眼神誠懇又溫柔。

「和妳在一起的時候總是很開心啊。只是因為也想讓妳開心，所以才說要買禮物給妳的。」

李迎堇不是馬上答應的。她誰也沒說，獨自思考了一整個晚上。

那個週末，她有了人生第一支鋼筆。

男人把她介紹給朋友們認識。那些朋友們沒有一個和同學的男友一樣，都有著粗糙的鬍渣和疲憊的些許眼尾紋。男人的臉，如果近看，也可以看見一格格紋路。

他常懊惱地說自己老了，在迎堇旁邊看起來好老。

於是迎堇安慰他，「不會，你看起來一點也不老，不要亂說。」但每次目光都不能從泛白的格紋上移開。

聽說迎堇是資優高中的在校生，那些人不知為何興奮起來。男人說，「我們缺一個人幫

忙管理財目，其實我們一直在做生意，可是如果知道的人多了，分紅就少了。」

「生意？」迎堇詫異地複述，她很少聽男人提到工作的事情。

「對呀，妳要試試看嗎？只要讀書考試的空閒時間幫忙就可以了。算是小打工吧！」

「打工啊，」家人不會同意的，但是又有什麼不妥呢？既是男友提出的，又能幫忙貼補一些家計。反正爸爸媽媽不知道為什麼，錢總是賺得不多，妹妹也還得念書，總得在自己這兒省點費用吧！

「妹妹，妳這個做得好，以後搞不好還能當商業公司主管咧！」另一個男子笑嘻嘻地說。迎堇一陣尷尬，她不知為何，打從心底對這個男子感到恐懼。男友叫他阿張。

「我以後不想當主管啦，我……我想當老師。」迎堇陪笑著說。

「喔，當老師喔，」阿張悻悻然地說，「那多遜啊……」

話沒說完，卻見迎堇的男友眼神嚴厲地瞪了過來，於是閉上嘴。

工作內容只是幫忙遞送小包裹而已，很簡單，雖然送的地方都有點偏僻。送到哪家人手裡，再接過一只厚厚的信封。不要打開信封，將它原封不動地拿回來交給男友，就是完成了一樁任務。

每個禮拜跑腿兩、三次，一個月過後，男友從皮夾裡抽了好幾張千元給她。

「這是妳的薪水。」他笑著說。

「啊！這麼多嗎？」迎堇吃驚地說：「我根本沒做什麼事啊！」

「才不會呢，妳幫了大忙啊。」

「可是，我只是跑跑腿……」

「別在意那麼多啦！」他輕鬆地揮揮手，「就當作是獎學金，我給妳的獎學金啊！妳看喜歡什麼，就去買吧。」

再推辭下去就顯得奇怪了吧？於是迎菫滿懷感激地收下了。她雖然嘴上答應，卻沒有真的把那筆錢拿去買喜歡的文具和衣服，而是拿一部分買了參考書——她第一本不是從老師那兒求來的解答書——剩下的錢，則是買了個撲滿，珍貴地存在裡面。

照這樣下去，接下來如果能考上，也許還能上大學，搞不好大學期間就可以自己付學費了。

至少，一開始是這麼想的。

隨著考試的壓力越來越緊迫，迎菫也愈顯疲態，黑眼圈浮腫起來。男友不忍心，給了她營養劑，如果真的太累了，就自己打一針試試。

「營養劑很貴的吧？」迎菫接過針筒和藥粉，困惑又不好意思地問。雖然和她想像中的營養劑不一樣，也和課本裡說的有些差異，但姑且還是收著。

「很貴，所以得從妳的薪水扣一些，但是好好讀書更重要呀。如果這個可以讓妳多一些讀書的力氣，沒什麼不好的。」

「嗯，謝謝你。」迎菫疲倦地說。隔幾天就是數學考試了，她死活讀不起來。

夜深了。習題還有幾十頁，自己卻睏得不停呵欠。她試了第一針。

那是爆炸性的——或說壓倒性的——她的眼前突然放亮了，思緒從一團死蛇打成的結，倏地拉長成一條康莊大道。飛躍，再不停地飛躍，沒有任何東西可以停下這股興奮、這股衝動！

一連好幾天，她不用睡，也不一定要吃，快速且順暢地複習完範圍，興奮異常地考完試。

這是營養劑嗎？

從藥效剛開始發揮的時候，她就有些懷疑了。印象中，營養劑不能夠讓人不用睡覺，只是讓自己暫時保持體力而已。不過，曾經聽說有的同學會吃特別的營養藥保持自己的讀書效率，也許和那種藥品差不多吧。

想好結論之後，她就不再思考下去了。

考試結束後，迎堇回到一般的日子讀書、幫忙跑腿，工作的費用減少了很多。

不過一兩天，空虛感像浮脹的泡泡填滿了她，在全身的骨頭裡鑽動。

再堅持幾天，那股空虛感甚至已經讓迎堇不由自主哭出來。她去找男友。

「再給我營養劑，好不好？」她乞求，「沒有那個營養劑，我真的無法讀書。」

「可是，妳的工作費用不能再扣下去，如果幫妳貼，他們也會有怨言的。我也很為難，妳體諒我一下吧。」

「拜託，就讓我一次！」

男友最終還是再拿了一管營養寄給她。她立刻往手臂注射。

回到宿舍，室友們也被她突然地振奮嚇到了。迎堇沒有理會她們，打從一開始就不好把已在工作的男友告訴同學們。不說她也認真打工，還以為是被包養呢。

又過了兩個禮拜，迎堇再度和男友求一支營養劑。

「最後一次了，再幫我一次吧。」

「唉，不行啊，這樣太明顯沒和帳目對上，會很麻煩的。」

「我可以幫忙多做一點！」迎堇情急之下，脫口而出，「我可以幫忙多做一些事情，這樣就有比較多工錢可以付了吧？」

男友意外地沒有說什麼反對的話。

至於當迎堇的「打工」層級已經高到他們無法再以營養劑隱瞞下去，而直言是海洛因時，她心裡其實也有數了。

那時候是大學考試前一週，但迎堇不在乎了。

＊　＊　＊　＊　＊　＊　＊　＊　＊

家裡知道迎堇沒考上大學，並沒有太多反應，反而是知道她現在自己有了份薪水，可以

獨自在外生活，感到欣喜。

迎堇自然沒說起工作內容。

剛過十九歲的某天，一如往常，迎堇將白粉分裝，登記帳目。現在跑腿的人不是她了，另外有一個女孩，和迎堇以前一樣，穿著制服，負責「送包裹」。沙發底下的垃圾桶扔了空的針筒。

事情發生在迎堇把這一批包裹交給女孩後不久。樓下看門的阿張先是大喊了：「你們要幹什麼！」同時三層樓的人們都一同動了起來。男友也衝下樓，他們把帳目本放在事先講好的地方，其他東西一樣都沒來得及帶走，從二樓後的窗戶跳到對面的窗臺上，再滾到馬路上，拔腿狂奔。

模糊一片。

磕磕絆絆的，什麼也看不清楚。就連心底小小聲的疑問——「怎麼會這樣？」——也來不及細想，只能放任不斷顫動的雙腿本能地狂奔。她知道警察在後面追，從中間開始男友就跑其他路線了，路人們全回頭來看這場短短幾分鐘的追逐戰。

也可能不到一分鐘。但迎堇覺得自己跑了好久好久。

過了一陣子，她和男友在警局裡見到面了。阿張也在，他畢竟是第一個被抓住的。警局裡早就放好了一整堆針筒，用過的、沒用過的，以及海洛因、安非他命。迎堇試過安非他命，但總是被嗆著，她連菸都抽不了，唯一能夠接受的只有注射的海洛因。

再一會兒，其他人也被帶進警局，各個臉色發白，迎堇只認得其中一部分的人。負責跑腿的女孩也在，但她坐在另一邊。是因為未成年嗎？迎堇想，卻見男友看女孩的表情突然猙獰起來。

不會是——迎堇突然把所有線都接了起來，猛然想到這種可能性。但她聽其他人說的，從來沒有告訴過女孩那是什麼包裹，又怎麼會……

女孩走進另一個房間。

他們所有人都被要求驗尿。也有人死命掙扎否認的，警察喝斥：「別再裝了！喂，妳，妳認識他嗎？」

迎堇突然被指到，嚇了一跳，快速瞄了那人一眼，顫抖地回答：「不……不認識。」

「你呢？」

「不認識。」

「我也不……」

接連問了幾個都是一樣的答案，那警察怒氣燒了起來，「你們毒蟲一個個都是這樣！一個包庇一個！」

他們惶恐又茫然地低著頭。

尿液裝在白塑膠杯裡，每個人的看起來差不多，都是黃澄澄的。他們只能坐在那兒，眼睜睜地看著試紙沾了尿液之後，線條逐漸明顯起來。

唯獨那人的，沒什麼反應，警察換了很多次試紙也一樣。

「你真的沒吸毒？」這回換警方懷疑起來了。

「我沒有！我說了好幾次我沒有，你們不信就是不信！我就只是經過而已。」那人恨恨地說。

「經過而已，那你跑什麼呀！」

「我看其他人都在跑啊！以為是什麼……」

那人被帶出警局，嘴上還在罵罵咧咧的，幾個員警和他不停道歉。

另一邊，這一群人蹲在局裡，愁雲慘霧。

畢竟都十九歲了，什麼也逃不了。

這是迎堇第一次入監。

第一次被判刑，原本是三年，一年多之後假釋。

第二次入監，重複犯案，被帶入戒治所四個月。

第三次，三度犯案，加上原本假釋完的執行期與新的販毒罪名，實關十二年。

「十二年？」一個小男孩歪著頭，困惑地說，「十二年很久嗎？」

「你現在不是八歲嗎？從你出生到你小學六年級，大概就十二年囉。」他的姊姊在一旁回答他，順便敲了敲這不靈活的小腦袋。

「啊！」小男孩恍然大悟，但還是迷惑地問：「這樣很久嗎？」

「嗯，對那個女生來說很久很久了喔。」麵包老師笑著回答。她的丈夫在一旁幫忙收拾東西。有幾個家長也來了，坐在後面一起聽麵包老師說的故事。

於是，她拿起一杯茶潤潤喉，又繼續說了下去。

＊　＊　＊　＊　＊　＊　＊　＊　＊　＊

在第三次入監之前，迎堇生了小孩。已經不是原本的男友了，但這個男人也擅長抱著迎堇、說著愛她。他們是在迎堇出監後打工的地方認識的。

男人是仲介，讓迎堇只要好好待在家就好，不需要再去工作了。

「我在外面工作，妳可以好好放心啊。」他溫柔地說。這溫柔的臉龐，如果可以永遠存在，也許迎堇真的就不再動搖了。

就連迎堇要去附近的鎮立圖書館，男人也會暴怒——「動不動就想出去，是在外面有男人嗎！」、「妳知道妳的生活費都是誰給的嗎？要買東西，借書，我下班回來再幫妳就好了啊！」

即將入睡時，卻又聽見男人在耳邊輕輕地說：「對不起，我只是很害怕妳離開我而

已。」

他赤裸的胸膛貼緊她的背，手臂也環到她的胸前。迎堇這種時候只能閉上眼睛，聽著男人繼續說：「妳幫我做家事，讓我下班後有個好好的地方可以回來就好了。好嗎？我真的很愛妳。」

第一次突然聽見兒子的哭聲，是半夜的時候，迎堇驚醒，一摸丈夫卻不在旁邊，趕緊下床，跑到兒子的臥房。

兒子全身赤裸。丈夫的側臉在窗外的路燈照耀下，變成黏稠的蛋白色，紗窗映在他的臉上，鋪成一片格紋。

迎堇隔天抱著兒子，面色發白地衝出家門，攔了計程車就往車站衝去。她手上只抓著錢包和老家的鑰匙，什麼都來不及打包拿走。丈夫在樓上窗戶旁，遠遠地看著他們搭的車離去，她也不敢回頭。

娘家的人非常歡迎她回來，迎堇也不想說些讓家人擔心的話，因此只笑笑著說帶兒子回來度假。她心底當然也害怕丈夫追到這裡，但又轉念一想，家裡都是自己人，他自己過來又有什麼好怕的？

家裡的日子，過了幾天，迎堇漸漸發現不對勁。

爸爸媽媽喝酒的時間變多了。

兩個舅舅也是，和爸爸都一樣是工人，下班時間來幾杯也還好，但怎麼沒上工的時間也喝酒呢？而且，他們是什麼時候住進來的？因為兩個大男人也擠進這間房子的關係，迎堇和孩子只好去和妹妹睡同個房間。

除了兩個舅舅之外，還有一個男人，聽說是爸爸和舅舅的同事朋友。他基本上都待在三樓，不太露面，迎堇只見過他一兩次。那人四周有一種很像老張的氣氛，每次出現都裹著外套，就算夏天熱得毛孔發泡，他也寧願像支大型的臭襪子四處散發濕悶的氣味，也不願意脫下外套。

妹妹的房間內放了幾個娃娃和一些教科書，都是迎堇不需要之後寄回來的。妹妹去上學時，她也會獨自翻翻它們，上面密密麻麻的，都是迎堇和妹妹的筆跡。

迎堇發現還在讀國中的妹妹身上飄出菸味。她決定私下找妹妹談一談。

「妳最近在抽菸嗎？」

「抽一段時間了，可以提神。」妹妹倒是很坦蕩，不同於姊姊提起這個話題，還提心吊膽的。

「爸媽知道了會氣炸的！」

「他們早就知道了。」妹妹抬起眼，和姊姊對視，語氣寒冷地說：「姊，妳好幾年都不在家，所以不知道吧？舅舅們住進來之後，很多事情都變了。」

確實，爸媽看起來憔悴得太異常了，整張臉都塌了下去，不成人形。

「我不知道為什麼姊不去讀大學，看得出來姊姊和爸媽一樣都變得很憔悴，但是我真的

很想繼續讀書。我真的很想離開這裡。」

「怎麼這樣說……」

「妳又不在家，怎麼會懂！還有那個男的，那個男的……」

妹妹歇斯底里吼了一句，話未完，咬緊嘴唇，轉身走出房間，門砰地關上，還在顫抖。

那個男的怎麼了？是指三樓的男人嗎？

來不及細想，兒子被吵架聲鬧得哭起來，迎堇連忙過去抱起他，輕輕地說：「乖喔，乖，沒事喔，媽媽在這裡。」

她突然看見床頭櫃上，擺著一幅很久之前的全家合照，當時她還住在家裡。照片有些發霉了，每個人的臉都看不清楚，只剩下妹妹的臉還清晰一些。不過，只靠著輪廓還是能分辨出誰是誰。

迎堇抱著又漸漸睡去的兒子，不禁感嘆，自己也就這樣越來越憔悴了。記憶中，爸爸媽媽和舅舅們都沒這麼老，像生病似的……

妹妹的那句話突然閃進她的腦海裡。「看得出來姊姊和爸媽一樣都變得很憔悴」？

迎堇一陣疙瘩，把兒子輕輕放回床上，走到客廳。舅舅們不在，只剩爸媽而已，他們顯然早已習慣妹妹的暴怒，所以沒特別攔住她。

「爸，媽，你們最近看起來很累欸！工作上有什麼不好的事情嗎？」迎堇小心地問。

「就那樣囉。」爸爸含糊其辭地說。

那時候是很熱的夏天。迎堇往兩老的從短袖裡伸出來的手臂望去。不曾好好檢視過手臂的內側，紅到發紫、甚至有些黑點的內側。

「你們最近去過醫院嗎？」迎堇慢慢地說。

「沒有，怎麼了？」媽媽像是突然扎到似的，機警地回答，全身豎了起來。

「沒有，我是想說，如果沒事的話……」迎堇抬頭，對上那兩人還想四處躲避的視線，「怎麼手臂上會有針孔呢？」

「沒有啦，這是……」爸爸縮回手臂，還想講些什麼，卻看到迎堇捲起袖子。三人一時無語，客廳一片靜默。

當然，迎堇的針孔當時已經變成白色的疤痕了。不久後，其他地方也跟著開始布上紅色小血點。

* * * * * * * * *

〈小鎮過年破毒窟　一家人都在吸毒〉

〈有小孩依然吸毒！三代同堂開海洛因除夕趴〉

〈警破獲海洛因毒窟　在小孩旁邊賣毒品〉

諸如此類的新聞標題，在那年除夕爆發了。

警察衝進家裡的時候，迎堇還在呆滯中，爸媽也是，沒有反抗。

舅舅們有試著逃跑，但很快被制伏，也蹲在一旁。妹妹也蹲在旁邊。兒子還在不停地哭。

妹妹和兒子，只要驗了尿就知道沒事了。迎堇想到上次的路人。

至於三樓的房客，從窗戶跳下，落到一旁的田野裡，等警察追出去的時候，他已經跑得老遠，騎了機車往山林裡消失了。他的房間裡被搜出製作海洛因和安非他命的道具，還有一些帳本。那些帳本迎堇也熟悉。

追出去的警察徒勞而返，上氣不接下氣，臉憤怒得像牛番茄。迎堇不知為何，樂呵呵地笑起來。那些人轉頭看她，但她停不下來，只是一直呵呵地笑。當時已經到了一天一針的地步了。

聽說爸爸和舅舅們，以及其他後來也被牽連逮捕的那些同事們，一開始只是因為打了可以有更多力氣做工，想多賺點錢，才開始的。

迎堇一直笑，笑得流出淚，笑得被鼻涕窒息。

兒子被丈夫接走了。妹妹被安置到其他地方，臨走前神情複雜地看了迎堇一眼，什麼也沒說。

迎堇也無言以對。

丈夫的話倒是很多。他們首先辦了離婚，再來是無盡的數落，連公公婆婆都來了。

迎堇也無言以對。

她只是恍恍地望著前方，又遠又無際的前方，一片空白。那些人、那些聲音，模糊地變成一團黑影，在臉前晃來晃去。

因為追查不到三樓的那人，迎堇又碰過帳目，最後販毒的罪名算在迎堇頭上。加一加，包含之前該還的，總共十二年。

＊ ＊ ＊ ＊ ＊ ＊ ＊ ＊ ＊

廚房裡，一個個大鍋費勁地翻動、沸滾。迎堇身為囚糧的負責人已經好一段時間，可以趁做完事的時候到操場散散心，這也是她喜歡廚房工作的原因。剛開始，她也待過四年多的工廠，後期專門幫忙寫訂單。但果然還是廚房裡想菜色、出主意的工作適合她，一想通這點，就趁著轉職的時候申請調去廚房了。

主管們從差不多年記的人，一個個離去又補進，如今也是年輕一輪的女孩們在當主管了。倒是越年輕的越和氣，基本上都是以禮相待，出了什麼差錯也是第一時間自我反省。

當年一同進來的人，有的出去了，有些卻會反覆進來，越待越久。次數多了，迎堇也不禁勸告，回去之後把毒蟲男友放生吧。

進到監獄的人各式各樣，以毒品相關罪名為大宗，但她們幾乎也同時伴上竊盜罪、詐欺

罪等等。剛進監獄，是不是因吸毒而來的，顯而易見。

她們多半臉色枯槁，或手臂變成被扎爛的腐肉。嗑得嚴重的人，當年甚至一個月花在海洛因上三、四萬元，直到自己先被抓到，或先在極度的狂樂中死去。

從前迎堇也見過，實在沒錢買更多海洛因、卻需要更大劑量的人，直接將海洛因注射入頸動脈。就這樣戴著一張瘋狂的臉、再也沒有醒來的人，也是有的。

而幸運的是——對他們當下而言是不幸——被捕獲的毒蟲，在獄中的數年內都無法再碰觸毒品，食品也都被嚴格把關，因此可以更快恢復原本的人生。速成的恢復，代價也是無法避免的劇烈痛苦。

剛入獄的毒品罪犯，為了不影響沒有吸毒的獄友作息，因此被特別排入四周安置防撞軟墊的特殊房間裡。那裡可以讓人盡情地哭嚎、抓癢，也顧不上會不會留下血絲和疤痕了。主管們最頭痛她們留下疤痕，「送交」到另一間監獄或送回社會時還得特別寫報告書，是個繁瑣的額外工作。

在裡面，連能割腕的美工刀也沒有。他們能做的只剩拿發放的圓頭原子筆不停戳手腕、割手腕，墨痕留了一堆，血倒是一點兒也沒出來。

迎堇也發現，那些新獄友們不一定全都犯毒癮，趁著主管不在，問了其中一個一直泰然自若的六十來歲大姐：「妳還好嗎？會不會有哪裡不舒服？」

「還好啦！不用擔心。」她失笑，「我沒吸毒啦。」

這回換迎堇驚詫地盯著她。那婦人若無其事地解釋：「反正我也沒剩多少日子了，所以讓我進來就好。唉，可我那女兒，將來還得找工作的呀……」

原來如此。恍然大悟之餘，迎堇也沒有多少訝異，畢竟自己身上就背著一個販毒之名，雖然是從高中畢業後就應該背上的，但這一次並不真的屬於她。

仔細一瞧，發現這樣的大姐並不是少數。在一片針孔、爛肉和枯槁的哀叫聲中，總有幾個人，大多有點年紀了，安詳地坐在原地做自己的事情，或是幫忙身邊正發出淒厲哭聲和慘叫的妹妹穩定情緒。

迎堇剛當上幹部不久，新進的主管宋曉泉曾專程跑去問她：「迎堇姐，妳在獄中這麼久的時間，有看過人自殺的嗎？」

她一旁的另一名新人聽了急忙喝斥一聲，但迎堇被這問題逗樂了。

「在這裡很快就又有點名檢查、身體檢查，要自殺跟要逃走一樣難吧。」迎堇輕輕地說。雖然和現在的幹部身分有關，但不用編號稱呼她的感覺真好。「這些事情，主管日誌應該都會提過的。為什麼會想特別來問我呢？」

「我不知道日誌裡寫的是不是真正的樣子，所以想問問看待很久、也被大家信任的迎堇姐。」沒理睬身邊氣得橫眉豎目的同伴，宋曉泉怡然地回答。

「嗯，說是嘗試，也是有的。」迎堇淡淡地說，「但通常都會失敗。一種是耐不住毒癮的人，這種的比較常見。不過她們放棄得也快。另一種是要待的年數比較長的人。開頭的前

幾個月，甚至前幾年，還無法擺脫絕望的時候。」

「那又有毒癮，年數又長的人呢？」另一名主管尖銳地問。宋曉泉低聲喝了一句：「芝照！」

「那樣的人，很長一段時間都看不見希望的。」迎堇笑著回答，「但更久一點就不一定了。」

三人佇立相視許久，隨後宋曉泉率先打破沉默。

「謝謝妳告訴我們這些。今天的餐點也麻煩妳們了。」

「不客氣，也謝謝妳們。」迎堇點頭致意，心底微微苦笑。總覺得這個人意有所指，可能也聽說了這任典獄長特別喜歡要求廚房早上就做好下午的餐點、特別做果雕放在接見室給外人看的惡嗜好。

從那之後，曉泉特別喜歡來找迎堇，自從迎堇又參加了烘焙班，她甚至也會不時晃到烘焙室，跟迎堇拿幾塊餅乾去吃，說是試吃而已。

另一個叫秦芝照的主管，久了也就放著她這麼做了。

月底的囚糧會議，各個工廠集合，迎堇作為統整廚房的幹部，也不由得有些緊張。每次會議過後，廚房都得大修正，但絕對不會有五個工廠都滿意的時候。

「工五廠提議，早餐應該要多一個米漿，不能每天都是豆漿。」

「工一廠提議，之後可以多做蒸蛋或肉排……」

「工四廠，最近一直吃柳丁……」

「工三……」

只剩迎堇自己出身的工廠沒喊了。她看了一旁紀錄目前的統整意見，想到米漿如果沒攪拌好、黏在大鍋底，會有多難清，不禁有點頭疼。

「喂。」一旁突然有人站出來，沉聲喝道：「妳們是來渡假的？來夏令營的？還要給個菜單和服務生點餐不成？」

會議場瞬間安靜下來。迎堇詫異地轉頭，看見秦芝照的眼神像座冰山，所有人被鎮壓住了，噤若寒蟬。

「不要忘了，妳們現在是在監獄服刑。」她扔下一句，又沒事似的坐回自己位子。

那次以後收到的意見表再也沒有出現如「每個月至少一次龍蝦」或「每個禮拜要有一天異國料理日」之類的言論了。不過，這些看似荒誕的意見，在過年期間，難得親人們可以不用透過玻璃板相聚吃飯的日子，迎堇還是盡量讓鹽燒冰魚、龍蝦火鍋之類的菜色出現在餐桌上。

至於當季盛產到過剩的水果，還是無可避免地每個禮拜出現。畢竟囚糧經費有限，能採買的也就那麼多。

每天早上五點半，她必須起床整理信件、準備食材，特殊日子甚至得提早到凌晨三四點就得開始打理一切。等六點的起床鐘聲響起，通常迎堇早就已經處理完許多事情，回到寢室

準備跟著大家一起等著點名和運動。

她多少能體諒那些提議要有「異國料理日」的人。禮拜一和禮拜四早餐主食饅頭，配上不甜的豆漿，其他日子都是稀飯。有獄友私下抱怨是「僧人的日子」，尤其越新近的那些年輕獄友，剛開始沒有漢堡和三明治簡直食不下嚥。餓久了倒也乖乖吃了。

除此之外，她也跟著到佛教班裡念經。事實上，什麼性、什麼空，她聽不甚懂，周遭的人多數快要睡著。如果一切都是空的話，現在這樣又算得了什麼呢？

佛陀的畫像只是繼續在那兒，似笑非笑的。迎堇再次垂下眼。

會在這裡的人，還有什麼執著嗎？

逃也逃不出去，認命地在這裡花費數年，數十年的人，真的會剩下什麼執著嗎？

迎堇不是沒想過。廚餘桶那麼大，嬌小一點的女孩只要跟著縮在裡面，順帶載出去，輕而易舉。

但是，每隔半小時、一小時一定有點名。如果誰沒到，順線追查下去，當時哪一號貨車開離監獄，清清楚楚。除非外頭還有人能幫忙接應，否則一點方法也沒有。

如果再被抓到，加上原本的刑罰，更讓人陷入絕望。

既然走到哪裡都是絕望，也只好安分地過。好好活著的機會已經沒了，想死也死不了，就只能試著調適心情。

她知道有的人會因此開始防衛，計算周圍的人事物，但她生來不適合當那種冷漠的人。

只要看見獄中有年輕媽媽進來，無論是剛生產完的獄友，或是正在懷孕的獄友，都會請人幫忙端點熱湯過去，釋放適當的善意。

信件抽查也是，幫忙挑出特別寫出悔意的信，放在上層，遞給主管們。有時獄友因此莫名加到分或被賞識，暗自高興的表情，她也收在眼底。

她幾乎沒對誰說過自己做的這些事情，但自然而然每個人都知道了——迎堇姐姐是個會幫忙說話的好班長。

幾個獄友也開始回過頭來分享各種食物，接見時收到特別的東西也分她一份。迎堇只會笑笑收下最小、最不起眼的東西。

佛經說，一切都是空。

既然連執著都不能擁有，那麼就讓這一切隨緣起緣滅而歸於沉寂吧。

* * * * * * * * * *

「原來監獄裡面也會教人做麵包和餅乾喔？」一個小男孩驚訝地問。

「會啊！不只這些喔，就連捏陶啊、紙雕啊，什麼都有喔。」

「麵包老師知道好多喔！」

「該不會麵包老師也是在監獄學的吧？」

斥。

「嚇！不准亂講話！」

幾個家長也坐進教室，聽她說故事，其中一個小男孩天真的問句，馬上被他的媽媽喝

「老師，不好意思啊。」媽媽抱歉地說。

老師溫和地笑道：「沒關係，小孩子嘛，想到什麼就說什麼，也挺好的。」

「可是，這個人本來不是要當老師嗎？最後她還可以當老師嗎？」本來哭紅眼的小女孩，現下眼淚全乾了，全神貫注地聽故事，此時著急地發問。

麵包老師抬頭看了看時鐘，沉吟片刻，見家長和孩子們都在底下炯炯有神的望著她，於是決定講下去。

＊　＊　＊　＊　＊　＊　＊　＊　＊

迎菫出獄之後，等著她的是一個完全不認識的世界。

十二年，十二年了。

有一個故事說，兩個男子走到山裡，和一對仙女結識，過了半個月美好的日子；等他們想家、下山回鄉的時候，卻發現家鄉的人都不一樣了，說的語言、穿的衣服，全都不同了，原來早已過了好幾個世代。

迎堇面臨的狀況尚未嚴重至此，但確實許多人說的話她已聽不太明白。回到家鄉，田野已經變成許多商家，當年的學校巷口佇立了一家便利商店，還貼了宵禁時間的春暉專案資訊。

十二年了。

兩個舅舅都過世了，那年住在三樓的人也不見蹤影。慶幸的是，父母身上的針孔都不再增加，但母親早已住院多日，家中經濟狀況低迷。

迎堇試著聯絡上妹妹，她終於如願讀進大學，雖然不是很好的學校。因長年跟爸媽酗酒，又放縱自己抽菸，整個人像一把神經質的乾稻草。

姊妹倆見面，沒有熱淚的相擁，而是默默無言地相對。

迎堇在監期間，幾乎沒有家人來過，十二年內看見家人的次數，用手指都能算出來。

「姊姊怎麼先來找我，孩子那邊呢……？」

「他爸爸不讓他跟我見面，我們完全沒碰過面，也不太有必要見面吧。」迎堇雲淡風輕地說。但妹妹聽了卻動搖起來。

「怎麼可以，孩子沒有媽媽的話——！」

「我晚點會試著聯絡他們，」迎堇說，「但是我比較想趕快幫媽籌好醫藥費。妳現在也有工作了，我之後也會找工作分擔，多多少少減輕爸媽的負擔吧。」

妹妹欲言又止，糾結的眉毛大概是不太能接受從監獄出來的姊姊和她說教一頓，但也答

應了。

和妹妹辭別後，迎堇回頭就開始找工作。

她在準備囚糧、想菜色時，被其他獄友們尊稱為「營養師」，出來才發現營養師要證照，相比之下，當時的工作簡直是兒戲。搬重物的粗工，人家怕這年近四十的大姐做不了，也是到哪應徵就被哪勸退。

懷著忐忑不安的心情，迎堇將工作的希望放在烘焙上。

在獄中的烘焙班，她起碼也總是班上第一名，對烘焙還是有點自信的。於是她走在街上，正巧看見一間烘焙坊，正在徵學徒。

雖然連烘焙也需要證照了，但也沒有人說沒證照就不能從學徒做起。迎堇嚥了嚥口水，推門進去。不知道自己在「社會上」的位子在哪裡，但她自忖起碼能有二手或三手的程度吧？

櫃檯的人抬頭，看見一個穿著樸素、神色緊張的婦人走進店裡，禮貌地微笑。

「請問，你們的薪水會怎麼算？」

這是迎堇緊張之下脫口而出的第一個問題。櫃檯的人顯然有些詫異，但愣了一會兒還是笑著回答了。

「我們是依妳的能力算。」

意思是沒有固定薪水嗎？原來外面世界的生存方式是這樣。迎堇暗想。

看著眼前冷汗直冒的婦人，櫃檯的人轉身進到烘焙室裡，接著一個臉色有點不耐煩的男子跟著走了出來，他的頭上布滿汗水，理了平頭，敷衍地往迎堇的方向瞥了一眼，又說：「我們這兒缺人手，如果不怕累，一萬七開始當學徒。明天能上工。」說完轉身，消失在門後。

櫃檯的人轉轉眼珠子，調皮地對迎堇笑了笑，說：「聽到了？如果想來的話，妳錄取囉。」

工作也沒有想像中的難找呢。

她走出店，向妹妹發了這則喜訊，不意外地收到回信：「妳確定不是詐騙嗎？」

不過，隔天，迎堇就知道為什麼這間店會「缺人手」。

她當時看見門口張貼的傳單，急忙地闖進來，沒發現當時根本不是營業時間。因此，眼前人山人海挑選麵包的景象著實讓她驚嚇。

「喂，妳，就妳，」那櫃檯的人越過無數黑壓壓的人頭，向著她喊：「別在那裡發呆，趕快過來，妳遲到了！」

迎堇急急忙忙地擠過去，好不容易進了烘焙室，連忙向裡面的人道歉。但負責主事的那名男子似乎根本沒聽她說話。

男子是「師傅」，但不是所有人裡面最年長的。他甚至比迎堇還年輕了十多歲。他說自己也只是被雇用的人之一而已，不需對他多禮什麼；但迎堇都看得出其他人對師傅的敬意。

那些儀器，不同麵包和餅乾的手工過程，她一個都不懂，但沒人有空搭理迎堇，索性往洗碗槽那兒靠，一起幫忙洗烤盤，或者幫忙傳遞東西，按計時器等等。迎堇根本也不清楚自己到底做了些什麼，只知道外場鬧轟轟的滿是客人，內場則都是儀器運作的聲音。

一天忙下來就是十二個小時。

過了一個禮拜，迎堇這天又要蹭到洗碗槽旁邊，一旁的二手把她手上的烤盤搶了過去。

「妳不是學徒嗎？那還每天蹭在這裡洗盤子幹什麼？」他罵道，「想學東西就站到師傅那邊去！」

迎堇連忙應是，一抬眼，那男人和之前一樣，眼裡完全沒有迎堇，迎堇靠上去，他也沒有要講解的意思，只是自顧自地做。

但她也馬上懂了，立刻借來了筆記，邊學邊紀錄。後來她才知道，這種二手在社會上不多，大多數都是把雜事丟給學徒做，自己待在師傅旁邊學的。

師傅的眼睛只盯著麵包，手上不停動作，但也沒嫌迎堇擋路過。

經過很長一段時間和苦讀好不容易升上二手，媽媽竟心臟病發過世了。

那天下班，看見妹妹和爸爸的一連串未接來電，她心裡馬上感覺不對。但生命總是如此倉促。

處理完媽媽的後事，換爸爸的心臟和肝臟出了問題。兩老都是酗酒的關係。這時候的迎堇已經有了一點存款，於是請了個幫傭，在家只需要負責照顧爸爸就好，其他家事依舊由迎堇和妹妹下班後回家再做。無奈幫傭不等於照護，就算教了各種情況下應該如何應對，看見老男人又嘔吐又失禁的樣子，依舊是久久才靠近一次。老男人每次看見她便又破口大罵，嚇得幫傭也不敢隨意接近和檢查。

爸爸最後死在搖椅上，靠著窗戶，閉著眼睛死的。迎堇下班後才發現，叫了救護車、聯絡妹妹，但往後搖椅上再也沒有人坐了。

家裡頓時只剩下兩個人口。迎堇和妹妹盤算完後，退掉了租房，在外頭租了更小的家庭式公寓，從頭開始存錢。在迎堇的強烈要求之下，妹妹終於到專門戒治酗酒的機構，但仍然常常寫信回來：「姊，我不喝酒了，但我好想抽菸，讓我抽菸好不好？讓我回家好不好？」

在一片雜亂的事情間，新的一年也來了。出乎意料地，師傅向迎堇求婚。

迎堇非常詫異——她完全沒有渴望戀愛，只是一直專注地做麵包、餅乾，準備證照考試，一直以為師傅也只是像對待其他學徒和同事一樣地看自己。但他的眼神如此鄭重，鄭重得令迎堇屏息。

他沒說太多甜言蜜語，往後的十幾年、幾十年也不太常說。

過了一段時間，兩人用存款另外買下一間小店鋪，離開了原本待的烘焙坊，每天早上在市場擺攤，白天營業店鋪，晚上的兩人一起備料、烤麵包和餅乾。

某天，他說：「小堇，我們的店也越來越穩了，妳還想做什麼嗎？」

迎堇想了想，笑著說：「把我們的麵包介紹給外國人好了！我還沒跟外國人說過話呢。」

如果他們可以吃到我們做的麵包和餅乾就好了。」

男人沉吟了一會兒，起身離開沙發。隔天下班出門，又抱著一疊書和ＣＤ回來。

「這是？」迎堇嚇了一跳。

「我的英文也不大好。所以……」男人囁嚅的聲音還沒說完，就被迎堇大大地從背後環抱住，手上的英語學習書籍差點震倒。

「謝謝你。」迎堇把臉埋在他的肩窩，說。

「我又沒做什麼。」男人困窘地說。迎堇被逗樂了，呵呵直笑。

要做的事情還很多，沒有一件事情能夠一直執著，因為生命是如此倉促。

那麼，就讓歲月的枝椏自然地茁壯吧。

＊　＊　＊　＊　＊　＊　＊　＊　＊　＊　＊

「嗚——啊——」幾個小孩喜孜孜地跳起來，「好浪漫哦！雖然故事很奇怪，但最後還是可以過幸福快樂的日子，真是太好了。」

「那之後，這個女生就不能當老師了嗎？」小女孩仍在糾結。

老師微笑著回答：「當然可以呀，不過她當的不是學校老師，而是在不同地方教各式各樣的人怎麼做餅乾和麵包喔。」

「就像麵包老師一樣嗎？」

「嗯！就像我一樣。」

小女孩像是想通了什麼，開心地笑了。

另一個小男孩著急地問：「那她的小孩呢？老師妳剛剛沒講到，後來那個兒子怎麼了？還要把他從暴力男那邊救回來呀！」

「嗯，」麵包老師想了想，說：「他後來就和爸爸也過著很好的日子，當然了，他的媽媽也會常常去找他玩喔。」

「哦——」孩子們聽見這結局，也都放心地笑了。

「那麼，今天我們的課程就到這裡。大家記得把自己做的麵包和餅乾帶回去，給最愛的爸爸媽媽吃喔。」

見老師宣布下課，家長們也上前幫孩子們收拾，幾個家長向麵包老師點頭致意，有的家長也會報以微笑。角落裡的小女孩臨走前，溜到麵包老師旁邊。

「麵包老師。」她睜著大眼，神祕地微笑。

「怎麼啦？」

「麵包老師，跟妳說，其實我的麵包裡有一個小祕密。」

「什麼小祕密呀？」老師笑著問。

只見小女孩從背包裡拿出一個揉皺的紙。那是巧克力的包裝紙。

「我把巧克力塊放進去了。所以，它雖然醜醜的，可是媽媽吃了就會發現裡面有超好吃的巧克力！」她驕傲又小聲地說完，老師還在驚喜中、來不及反應，小毛頭又一溜煙地拿著她的成品，奔到媽媽身邊，一面回頭揮手大喊著：「老師再見——老師——再見——」

「好，再見。」麵包老師也笑著揮手，看見她的媽媽也從那一邊對她笑著點了點頭。

教室瞬間空了，剩下收拾完器具的先生和好不容易放鬆、正在伸懶腰的老師。

「所以，妳該不會真的還去找他吧？」丈夫首先打破沉默。

「怎麼會，」她失笑，「但這些事情，還沒必要和他們說。」

一聯絡到兒子，兒子就約了見面，欣喜地前去赴約之後，發現眼前陌生的少年開口第一句就是要錢。

至於那個男人，由於投資失利，負債酗酒，前幾年自殺了。留下一個二十多歲，還沒有任何謀生能力的兒子，最近一打電話來就是講錢的事情。

迎菫也只是固定時間匯些錢過去。

「不是每個母親都能無私、不求回報的奉獻，也不是每個小孩都愛母親。」迎菫回過頭，靠在丈夫身上，金黃色的夕陽光透過教室窗戶灑在他們身上。

窗台的影子，移動得很慢、很慢。

這些事情，還不用讓那些孩子們知道。

後記

數年前，小小的我看著電視新聞裡的罪犯們，生出了疑惑：他們和我們有什麼不一樣？人人都說他們可怕，可惡。但他們不也就是人嗎？也是一個個小小的人，在新聞裡、社會裡、世界裡，都只是小小的人。

在書寫母親們的故事時，幾度嘆氣，幾度咬著唇難以下筆。終究是一個個字地寫，一刀刀地刻，終究血淋淋地完成了。

她們和我們一樣，不擇手段、野心勃勃；想逃避些什麼，想守護些什麼；有著誰都會有的僥倖與自大，不容後悔的抉擇。

只是，她們觸法了。

謝謝李瑞騰院長的指導，謝謝亞妮和敏寧一同採訪，謝謝台積電青年築夢計畫願意給我們機會。謝謝各位受訪的更生人們，願意向我們展露生命的痛處。

謝謝你們，願意走進她們的生命裡。

作者　潘丁菡

國家圖書館出版品預行編目資料

監獄裡的母親們／潘丁菡著. --初版.--臺中市：
白象文化，2019.8
　面；　公分
ISBN 978-986-358-889-4（平裝）

863.57　　　　108015132

監獄裡的母親們

作　　者　潘丁菡
校　　對　樂亞妮、曾敏寧、潘丁菡
協助單位　財團法人台灣更生保護會・台北分會
　　　　　財團法人台灣更生保護會・士林分會
　　　　　財團法人台灣更生保護會・桃園分會
贊助單位　台灣積體電路製造股份有限公司
編輯指導　李瑞騰
採訪與執行編輯　樂亞妮、曾敏寧、潘丁菡
美術設計與編輯　曹耘綺
專案主編　黃麗穎
出版編印　吳適意、林榮威、林孟侃、陳逸儒、黃麗穎
設計創意　張禮南、何佳諠
經銷推廣　李莉吟、莊博亞、劉育姍、李如玉
經紀企劃　張輝潭、洪怡欣、徐錦淳、黃姿虹
營運管理　林金郎、曾千熏
發 行 人　張輝潭
出版發行　白象文化事業有限公司
　　　　　412台中市大里區科技路1號8樓之2（台中軟體園區）
　　　　　出版專線：（04）2496-5995　　傳真：（04）2496-9901
　　　　　401台中市東區和平街228巷44號（經銷部）
　　　　　購書專線：（04）2220-8589　　傳真：（04）2220-8505
印　　刷　基盛印刷工場
初版一刷　2019年8月
定　　價　200元

特別感謝：小莉、小珍、阿娥、張心慈
本書由「2018台積電青年築夢計畫」獎助